Sete relatos enredados na cidade do Recife

LARANJA ORIGINAL

Sete relatos enredados na cidade do Recife

José Alfredo Santos Abrão

1ª Edição, 2019 · São Paulo

Sumário

7   Vidas na berlinda urbana

13   Voadora de calcinhas
21   Um ou outro suicida
41   Um amestrador de leões
55   Parada Esperança
83   Descostura da tarde
109 Rainha do frevo
      e do maracatu
129 Entorno de um enredo

Vidas na berlinda urbana

Krishnamurti Góes dos Anjos,
escritor e crítico literário

Os contos reunidos nestes *Sete relatos enredados na cidade do Recife* inserem-se em uma tendência ficcional que ganha corpo na contemporaneidade: a tentativa de representar a vida urbana nas grandes cidades, em época de intenso mal-estar. Emblema da vida cotidiana em suas dimensões de diversidade, tensão e incomunicabilidade, a cidade tornou-se protagonista de um espaço onde o humano desdobra-se em constantes temáticas e tendências narrativas, que urdem os imaginários urbanos atuais — não somente no Recife, mas no Brasil e no mundo todo, guardadas as proporções. Cenários e ações que, envolvendo exclusão, medo e violência, evocam as tristes patologias e transgressões individuais e coletivas, atravessadas por uma avassaladora cultura de consumo, que imprime sua lógica em toda e qualquer esfera da vida.

Mas a cidade que salta aos olhos do leitor, nesta obra, é também o cenário no qual fica cristalina uma preocupação social de contornos muito nítidos, que questiona o real na busca de sentido para a existência. O fragor dos conflitos íntimos, dos desajustes de personalidade em face das possibilidades ou ilusões do meio, é o que interessa antes de mais nada. Utilizando-se de uma variedade de depoimentos (todos os contos são narrados em primeira pessoa), o autor faz nascer histórias que, em seus processamentos próprios, aparecem ao leitor no ponto exato em que se confundem com os fatos da vida. São personagens requintadas a povoar uma prosa lírica, plena em movimentação de ideias que se materializam no interior dos conflitos, de tal maneira que passam a existir *simbolicamente*.

O que vem à tona, apesar de estruturada ficcionalmente, é a vida em quadros, em fatias, em amostras. Gente que interroga seu destino, sofre, sonha, luta ou liberta seus instintos; gente que, sem o saber, sem desconfiar da presença de testemunhas, se expõe a julgamento — em instantes decisivos e reveladores. E assim, esses personagens nos conquistam... Conquistam, sobretudo, porque convocam 70x7 vezes a nossa empatia e solidariedade. São vidas que, de repente, entram em nossas vidas.

Nas sete narrativas positivamente enredadas na cidade do Recife, José Alfredo Santos Abrão se transforma, se transmuda e se adapta, multiplicando-se em testemunhos que atestam o empenho da criação e o talento do seu criador.

Voadora de calcinhas

Na primeira vez em que tive a visão, Valéria 'voava' de patins pelas calçadas, vestindo só uma calcinha vermelha e uma blusinha regata. A letra V estampava sua marca sobre o volume dos seios, e as calcinhas à venda 'voavam' por sobre seu corpo, embandeiradas em duas longas varas conectadas às suas costas, pendendo como antenas, ventando seu produto pelo ar... Para mim, mais do que bandeiras, pareciam as asas de um anjo radical, uma coisa sensual-selvagem pairando sobre suas curvas bem desenhadas, seu corpaço de índia urbana musculosa, vermelha... Menina gloriosa mesmo, tipo musa empoderada.

Adorava seu sorriso largo e bem marcado nos lábios grossos, seu rabo de cavalo balançando solto, o charme de sua voz chamando a clientela na avenida; curtia até o ventinho que me tocava à sua passagem. E adorava ainda mais ver suas coxas roliças se alternando na patinação, tesas desde a junção com as ancas super redondas, exuberando para fora da calcinha vermelha... Os ambulantes da avenida a chamavam de Voadora, e curtiam muito o frisson que suas formas causavam, atiçando a plateia nas calçadas; os caras desandavam a lamber a moça com os olhos, no maior assanhamento de lhe passar a mão, de repente — se ela desse uma deixa.

E as meninas-moças sorriam discretas, e as comerciárias a cercavam e compravam pelo menos uma calcinha de 9,99 — às vezes, acabavam levando uma rendada por 19,99. Só mesmo minha mãe, além de uma ou outra senhora da sua idade, é que detestavam as passagens provocantes dessa deusa popular, deixando escapar um comentário contrário, tipo 'que pouca vergonha', antes de se virar para mim, perguntando 'tá olhando o que, seu Vinicius?'... Ou então, a mãe fazia coisa bem pior: ameaçava chamar o Sargento Paciência, que dava expediente com dois soldados e um enorme cachorro de estimação, lotando uma cabine mal conservada e muito abafada mais adiante, bem na esquina da avenida Conde da Boa Vista com a rua do Hospício.

Para um adolescente como eu, poucas coisas no mundo eram mais desejáveis, mais deliciosas do que atravessar as calçadas com a esperança acesa, só pensando na chance de ver essa Valéria passar ventando, a qualquer momento. Ela parecia sempre tão feliz, sequer desarmava o sorriso. E sua chamada de vendas era a senha, quando vinha anunciando com a voz amplificada, a um tempo suave e intensa: 'cuide de suas curvas, vista Valéria', anunciava ela no maior entusiasmo, com toda aquela graça... Eu quase me virava ao avesso.

Um dia, por acaso, percebi a Voadora vindo por trás da gente, na minha direção; num instante, entrei num surto de atrevimento; respirei fundo, me virei e vi a moça patinando logo atrás de mim, muito acelerada, cheia de energia; parecia até que vinha mesmo ao meu encontro, decidida, pregando alto seu produto; a sonzeira abrasiva de seus patins servia de sonoplastia, ajudava a chamar a atenção... De repente, no preciso instante de sua passagem, atravessei à sua frente de propósito, provocando uma tremenda colisão.

Valéria levou um tombaço, metendo o cotovelo na calçada, ralando uma das coxas no cimento; um de seus patins acertou meu calcanhar, fazendo um corte fundo, lacerando a carne, perto do tendão. E embora estivesse bem assustada, dava para ver que a moça tinha sacado tudo; uma trombada intencional, causada de caso pensado por um rapaz todo errado, tonto de tanto desejo.

Apesar das dores e da coxa ralada, Valéria não sabia se sorria ou se chorava. Da minha parte, embora me sentisse na situação mais ridícula, humilhante mesmo, não tinha o menor arrependimento; afinal, havia conseguido um ansiado contato direto com a mulher que provocava meu desejo, me afogava de tesão.

De verdade, foi uma espécie de êxtase reverso, com uma estranha recompensa — ter sua atenção direta, ainda que por um momento, ainda que por um desastre. O mico maior ficou por conta de minha mãe, que tentou botar a culpa nas curvas 'insinuosas' da Voadora de calcinhas, me obrigando a interferir, agarrando suas pernas maternais para evitar um vexame ainda maior. A velha estava aperreada, acusando 'essa moça indecente, uma ameaça pública', e decidida a chamar o Sargento Paciência, 'para levar essa rapariga em cana!'

Olhei mais uma vez para o rosto doce da Voadora abatida em seu voo, e me veio uma sensação adorável; sentia um conforto moral, assim como sentia gratidão por sua generosidade; ela ignorava as ofensas bobas de minha mãe, e ainda me livrava do vexame de uma bronca em público, mais do que merecida.

Assim que botaram aquela mulher de pé, pude enquadrar sua figura com mais precisão; vi seu corpo se aprumando devagar, suas calcinhas flamulando de novo, suas asas de anjo de 'lycra' ante o céu, e pensei nuns versos confusos — que mais tarde anotei como poema meio irônico, próprio para a ocasião: 'O céu vem ao mundo/ se você e suas curvas/ voam com meu desejo/ e voltam num segundo./ O inferno vem ao mundo/ se você e suas curvas/ voam nessa avenida/ enquanto lhe derrubo.'

Na verdade, pode ser apenas impressão minha; deve ser mesmo impressão minha; mas gosto de pensar que, no meio daquela confusão, enquanto recuperava o fôlego, a moça deu algum mole — sorrindo discreta, olhando para mim.

Um ou outro suicida

'Recife, Ponte Buarque de Macedo./ Eu, indo em direção à casa do Agra,/ assombrado com a minha sombra magra,/ pensava no destino e tinha medo'... Quantas vezes atravessei essa ponte com essa estrofe entrevada na cabeça, sem entender bem o receio do invocado Augusto dos Anjos, que escreveu esses versos num soneto de um século atrás... Mas, pensando bem, nem teria tanto para se entender, pois o espírito da coisa é sinistro mesmo: estamos todos programados a desaparecer, e vamos cumprindo nosso destino em penosas jornadas pessoais de tempo integral, em que tudo parece se arrastar devagar para o inevitável, para o dia em que seremos tragados de vez, de volta ao vazio inefável, à poeira original — ou, quem sabe, de volta à existência, numa improvável vida-pós-vida, vai saber...

O fato é que a passagem por essa ponte acende a ideia de provocar o destino, de encerrar o intervalo da existência, terminando uma travessia sem sentido aparente — que até faz a gente se perguntar coisas como 'por que, meu Deus, prolongar essa lenta agonia?'... Portanto, é até natural pensar que toda hora pode ser a hora de a gente acabar com essa vida, e que agora mesmo talvez fosse uma ocasião apropriada, uma boa oportunidade para aproveitar o ensejo e forçar o fim de uma vez, saltando nessa água espessa e cansada da foz do Capibaribe, em plena fossa de um sábado à noite, sem mulheres nem amigos, sem música nem bebida... Um escasso adeus aos revezes dessa existência medíocre, dispensando adjetivos no palavrório melancólico de uma cerimônia fúnebre, sem nenhum discurso ou corola a envolver o velório em sua perfumosa e, quase sempre, canhestra solenidade (não repare nessa minha verve rebuscada, que bem caracteriza um causídico antiquado, um ilustre bacharel graduado pela egrégia Faculdade de Direito do Recife).

Bem, se for mesmo para arriscar esse ato derradeiro, o primeiro passo seria subir na balaustrada da ponte... Pronto; daqui de cima dá para vacilar, ops, dá para avaliar as coisas com calma, diante dessa paisagem que se desfaz com o horizonte, pensando melhor em meu ímpeto, quase repentino; pois seria mesmo o caso de eliminar a mim mesmo num rito sumário assim, meio no improviso? Não seria mais prudente esperar e repensar o assunto, até tomar uma decisão mais madura, mais ponderada para um gesto assim, extremo?... Afinal, alguém (acho que foi Camus) já disse que o suicídio é a única questão filosófica relevante — tornando ordinário qualquer ato suicida impensado, sem as devidas horas, semanas, meses ou até anos de reflexão mais profunda.

Por outro lado, se a morte costuma acontecer assim, de repente, sua indução também pode ocorrer assim, quase num susto, não é?... Talvez seja isso mesmo: saltar e me acabar de vez, pois se a gente pensa muito no assunto, deixa de ser um ato pleno de liberdade — para ser mais uma resposta estudada, talvez pautada pela incerteza de deixar a vida, ainda que essa não valha mais a pena, não... De qualquer forma, estou aqui: suspenso entre o suicídio programado e o ato impulsivo... Qual seria o mais apropriado, nesse caso?

(E essa indecisão toda... seria covardia minha?)

Pronto; pensei demais, sem chegar a conclusão alguma; por decurso de prazo, talvez seja melhor adiar a decisão, mais uma vez... Creio que, nessa hora áspera, só uma coisa me faria mudar de ideia: pensar no 'outro' — não num outro fim, mas nos outros seres humanos, os sobreviventes do meu entorno, os entes do meu convívio... Pois, de fato, seria um ato tão egoísta me matar assim, só por estar passando da meia idade como um sujeito solitário, advogando causas perdidas num tempo sem utopias, sem ter conseguido nada de mais nessa vida — nem no plano espiritual, nem no plano material — num mundo coisificado, onde só se dá valor a quem conquista coisas, a quem acumula coisas... E o que pode ser ainda mais grave: partir sem deixar aquilo que se deveria deixar — um filho, uma árvore, um livro... Sem deixar sequer um legado social, uma semente de solidariedade, qualquer coisa para atenuar o sofrimento das outras pessoas, coisa que faz tão bem... Eita, para onde vai meu pensamento? Que coisa feia, seu Casemiro... Que maneira mais melancólica de abandonar o que seria sua maior missão: seguir adiante, 'pela continuidade do sonho de Adão', como no 'Oriente' de Gilberto Gil...

Bom, pelo jeito, por ora já não tem mais jeito; pensei demais e perdi o pulo... Melhor voltar amanhã de manhã com outro pique, e retomar essas tratativas que turvam meu horizonte, nublado por tamanhas dúvidas, entre tanta amargura — como a tela estragada de um destino vão, onde meu retrato trinca e se arruína, corroído por coisas que já nem sei.

(Por causa de uma ansiedade crônica, estou quase perdendo o sentido lógico das coisas; esse é o meu maior desespero; como não tenho fé suficiente, nem pratico culto religioso nenhum, a racionalidade sempre foi minha única tábua de salvação... E agora, Casemiro?)

Um novo dia é sempre uma nova esperança; vou me levantar, tomar meu café e cometer suicídio daqui a pouco — sem mais pestanejar... Ainda que tenha questões a refletir, creio que vou tomar minha última atitude — ou não... Isso não se resolve assim, simplesmente, e por uma razão bastante elementar: quase todo suicídio é um ato hediondo contra a humanidade, uma vez que cada ser humano só vem ao mundo para isso mesmo, para viver... Portanto, quem se mata está matando a vida, está condenando toda criação e toda evolução ao mesmo tempo, está riscando a ideia de existência do mapa — excluindo cada um e todo mundo, começando por seus pares mais próximos... De modo que o suicídio pode ser, imagina, uma vingança contra toda a espécie, o gesto de crueldade mais radical para atestar, conforme o poema de Bandeira, que 'a vida não vale a pena e a dor de ser vivida'... De certa forma, o suicídio pode ser a última expressão do amor próprio, a vaidade levada às últimas consequências — porque só assim se mata o amanhã, encobrindo o mundo sob a sombra do nosso vazio existencial (imagina isso)...

    Talvez, a melhor coisa a se fazer agora seja voltar à ponte Buarque de Macedo, como se nada tivesse acontecido, até para ver se, depois dessa consideração toda, aquele ímpeto ainda vem com carga total, para afinal saltar do parapeito e experimentar a entrega mortal, com aquela água imunda inundando os pulmões (suicida não teria direito a sentir nojo no contexto de sua morte, ou será que teria?). E, apesar de haver me autocondenado, será que ainda tenho direito a um último desejo?... Bem, são questões para pensar no caminho, junto com umas outras, todas elas mal resolvidas, todas a serem equacionadas na construção de meu extermínio — enquanto há tempo...

O duro é chegar bem cedo ao mesmo ponto e encontrar, por acaso, sua vaga ocupada por outra tentativa de suicídio, como se a gente tivesse perdido a vez... Será o Capeta? Domingo, seis da manhã, e essa senhora magra de vestido preto rendado, feito uma carpideira sertaneja do tempo do cangaço, resolve cometer seu ato extremo, praticar seu autoatentado justo aqui, no mesmo local? Não é possível, meu Deus do céu... Das duas, uma: ou ambos saltamos juntos sem matutar, sem pensar muito no assunto, ou então vou acabar tentando demover esse espectro de onça caetana de seu intento — coisa que, como cidadão, seria minha obrigação — e bem rápido, antes que a velha arranje coragem para embarcar em sua última viagem... Bora tentar, tomando o devido cuidado; gente que parece passada da conta, desse jeito, costuma ser imprevisível.

(No capricho). A senhora já pensou no ato que está prestes a cometer? Não é só contra si mesma, mas contra todos os que prezam sua pessoa, e que já envidaram algum empenho em preservar sua existência, de uma forma ou de outra... Do lavrador que cultiva o alimento que a senhora consome, ao vizinho que espera todo dia por seu 'bom dia' na rua — sem falar em sua família, em seus entes queridos que, certamente, serão destroçados por esse seu ato tresloucado, esse seu arroubo inconsequente, esse seu gesto egoísta num despautério da maior insanidade (perdão, mais uma vez; nenhum advogado resiste ao impulso retórico, ainda mais num contexto acusatório em que pode tocar a consciência do réu)... Pense bem nisso!... Será que a senhora já colocou tudo na balança de sua existência, antes de se decidir por essa solução extrema?

Bem, antes de mais nada, me diga quem é você, fera morta — para me aparecer assim, de repente, com essa conversa de CVV... Sujeito mais abelhudo, enxerido e xereta — que só mostrando a língua.

Dona, não descambe com a coisa assim; o assunto requer maior compostura, demanda toda seriedade... Meu nome é Casemiro, e sou apenas mais um sujeito sofrendo, em situação semelhante à sua... Portanto, estou pronto para conversar. E a senhora, como se chama?

Me chamo Maria Eugênia; mas você, seu pentelho, deve ter ciência do que está por trás disso aqui, decerto, para chegar assim todo pimpão, cheio de razão, se achando e argumentando nesse tom pretensioso, desse jeito...

Não tenho 'ciência' nenhuma da questão, dona; só sei que os motivos balançam com o vento, variando à vontade — e é natural que seja assim... Mas, com todo o respeito, qual seria seu real motivo para...

Seu coisa maligna — porque benigna não é — isso é lá da sua conta?... Só lhe digo que não tem a ver com nenhuma questão de família; não tenho o azar de conviver com parentes por perto, e nem quero saber coisa alguma da vida deles... Meu problema maior é o mais óbvio, mesmo: a certa altura da estrada, a vida vai virando uma sequência insuportável, uma cadeia cretina de repetições, até se tornar um péssimo espetáculo, produzido por uma companhia mambembe, onde os atores principais protagonizam personas odiosas, estúpidas, exploradoras — uma ópera em que a maldade vai se impondo, enfiada como um fardo adentro de nossa goela... Esse massacre social vai armando nossa decadência contínua, numa submersão que se consuma aos poucos, que afunda nossa vida numa maldição, sem retorno: direto ao abismo, num cenário de horror.

Bem, me lembro de um francês (outro, acho que foi o General De Gaulle) mencionar que 'toda velhice é um naufrágio'; mas nem todos pensam assim...

Mas não é assim mesmo? Não é essa mesma, a origem da sofrência? O frisson, a fissura por sangue é o que mais atrai o público à televisão, ao cinema, aos parques de diversão... Pois assim é a existência nesse eterno 'agora ou nunca': o entretenimento pelo escárnio, a descarga cruel e cotidiana sobre os coitados, desvalidos, derrotados — os caras que não pontuaram o suficiente nas escalas sociais, e acabam sendo jogados para escanteio... Então por que, me responda, se apegar a esse 'espetáculo' da vida — se já estamos sendo tomados por tantas decrepitudes, dores e desesperanças?... Melhor mergulhar no Capibaribe, e acabar agora com essa prosa inútil.

(Caralho, essa mulher vai dar trabalho...) Cara... A resposta talvez esteja no sentido da vida; ou seja, viver tudo — para o bem ou para o mal — até a chegada da hora fatal, que alcança todo mundo a seu tempo, dona Maria Eugênia... Pensando bem, nem importa o que a senhora acha ou não acha sobre a vida e a morte, ou sobre como as coisas deveriam ser, ou qual seria a sua hora, a sua vez... A única coisa que importa de verdade é viver, tentando dar um mínimo de sentido à escolha de Deus — ou da seleção natural — pela gente, bem como por toda pessoa destinada a existir nesse mundo perdido, sem saber quando vai chegar a sua hora, nem qual será o final de sua história... Essa, tenha certeza, é a regra de ouro do...

Desculpa aí, mas isso não faz sentido, seu Casemiro... Deus me perdoe, mas não comungo dessa sua 'teoria divina da razão de viver'... Atuei como professora a vida toda, e conheço bem os tipos humanos — inclusive os 'pensadores' pretensamente bondosos, como você... Fazer o mal talvez tenha muito mais sentido que esses seus bons intentos, que esses seus malditos 'pensares desejosos' para tentar justificar o que é, só e tão somente só, uma mera questão de sobrevivência... E tem mais: talvez o Capeta tenha planos melhores para você, no momento de sua sentença ao fogo eterno — ou você está achando que vai para o céu — seu vacilão?...

(Não existe 'jurisprudência' em assuntos transcendentais, mas vamos encarar a bronca)... Olha, pode nem ser obra do Demo, mas o fato é que esse mundo está mesmo virado em pandemônio; por outro lado, era melhor deixar Deus fora do assunto, pois apelar a seu juízo seria mesmo covardia; todo mundo sabe que o Criador desaprovaria esse seu ato acintoso contra seu dom maior — a vida... Creio mesmo que o Altíssimo reagiria com toda a veemência, e só não lhe fulminaria com um raio flamejante porque, desse modo, estaria contribuindo de vez com essa sua intenção autoaniquilante... Não é verdade?

Eita! Pelo jeito, você foi mesmo treinado para essa missão de misericórdia, hein?... Você é padre, pastor, psicólogo, advogado ou o quê?

Sou advogado, mas isso também não importa; não vem ao caso nessa hora, dona Eugênia... Peço que não me interrompa dessa vez, e preste bastante atenção... A senhora talvez nem tenha pensado na seguinte questão — então pense, enquanto é tempo...
Só ouvindo...
Pois pense: vai que existe alguma coisa depois da morte, e então a senhora terá de prestar contas, dando explicações sobre seus atos... Hein?... Já imaginou o tamanho do constrangimento, do incômodo que vai causar, tendo de explicar por que diabos deu cabo da própria existência — assim, de repente, só pelo sentimento mesquinho de se livrar da dor de viver?... Pois pense: nem Satanás aceitaria uma justificativa dessas, tão imoral, tão individualista.

Bem, seu argumento até pode ter um certo cabimento, mas está claro que o senhor mal conhece Satanás... Nem tem ideia de como ele está agindo...

Espera um pouco, peço vênia... Tem mais um argumento a considerar: cada vez que um suicida supera seu dilema, e dá fim à sua existência, o que acontece é uma vitória do mal contra o bem; do instinto de morte sobre o de amor... E assim o animal suplanta o intelectual, o bárbaro sobrepuja o civilizado etcétera, etcétera... Ou seja, o suicídio se enquadra como um estropício espiritual — não é isso mesmo, dona Eugênia?

Certo, meu 'bom' doutor Casemiro, pode ser que tenha mesmo tudo a ver... Realmente, mas... Me responda uma coisa: você vem aqui num domingo, a essa hora da manhã, por vontade própria? Ou alguém lhe enviou a essa missão? Toda a cidade ainda dorme e você aí, desempenhando esse papel confuso como 'defensor da razão de viver' — a serviço de quem vem esse seu embuste, hein?

(Suspirando...) Vim por minha conta, dona Eugênia, porque tenho vivido esse dilema de um modo muito agudo, dessa vez... Eu ando varado por todas as dúvidas, sofrendo por tantas e tamanhas aflições. Mas até me consola pensar que talvez, sem querer, tenha captado seu intento suicida por intuição — de repente, por telepatia (será que agora ela amolece?)... Afinal, sempre tive essa tendência inata, uma propensão natural para socorrer pessoas em perigo — ainda mais num caso como este, que parece se enquadrar como TSBC — ou seja, uma Tentativa de Suicídio com Baixa Convicção (quero ver se ela escapa dessa)... Uma síndrome que não costuma terminar em suicídio, mas numa considerável crise de arrependimento...

Sei...

(Sabe, é?...) Também não descarto outras hipóteses atraentes, incluindo uma coisa mais esotérica, por assim dizer: posso estar agindo por influência de algum anjo interno, sabe?... Um ser elemental ou algum agente da natureza que, segundo uma tia sensitiva, mora em mim desde meu nascimento.

Aham, só faltava essa... O destino me manda, como salvador de última hora, um suicida acovardado — que, no fundo do poço, se imagina um missionário vocacionado... E ainda por cima se acha alguém especial, guiado por um anjo! Só resta você me contar que viu um duende ali na cabeceira da ponte, bem na hora da aurora...

Não vou levar em conta essas suas espetadas provocativas, nem vou tomar essa sua sobrançaria em consideração; não vale a pena... (Saída pela direita, porém sincera; essa velha velhaca se acha, é um osso duro de roer da porra...) Na verdade, nesta manhã, estava mesmo querendo me testar; tentando ver se também tomava coragem, se aparecia aquela vontade súbita de saltar — de me atirar no rio afinal, encerrando uma existência cruel, carregada de passagens sórdidas, trágicas até... Sumir da vida assim, sem mais... Mas vendo a senhora trepada bem aí, onde designei meu patíbulo, a conclusão é simples: ainda não seria a minha, mas talvez seja a sua hora fatal...

Sim!... Quer dizer que não é a sua hora, mas pode ser a minha?... Oxe! Isso lá é coisa para me dizer assim na lata, justo agora? Dizer que você chegou na minha vez?... Ora, faça-me o favor!... Que espécie de anjo é você, o exterminador!?
(Deu errado...) Meu Deus, a senhora confunde e distorce minha intenção, dona... (Manobra rápida...) Está vendo? Só pode ser consequência de um desejo oculto, latente... Repare: sem querer, a senhora está se entregando, quando confessa que prefere ser salva, ou seja, que me prefere na condição de seu salvador... Admita isso, em nome de Deus! (Danou-se; é meu primeiro 'barraco' à beira da morte...)

Imagine, que ideia extravagante... Nem vou considerar mais esse disparate; você vem aí com essa ladainha, 'advogando' uma salvação fora da casinha, para depois acabar assumindo um papel reverso de coveiro espiritual, como um tipo de intruso para-exterminador na minha morte — ora, isso é uma invasão indevida, uma atitude inoportuna, que não vai adiantar nada... Só falta você derramar suas lágrimas de crocodilo, se dizendo 'meu amigo'.

Acontece que a senhora está entendendo tudo errado... Para ser sincero, o impulso de 'reversão suicida', de convencer você a desistir, apareceu agora — assim mesmo, do nada, sem razão, sem querer... Como se essa situação já tivesse um passado; como se a gente já houvesse vivido isso num outro espaço, num outro tempo... De qualquer forma, lhe confesso que é uma intervenção estranha, sim — mas que vem para seu bem, vem como um 'déjà-vu' para salvar a sua vida... Isso é claro, é cristalino: estou mais para seu anjo dissuasor do que para seu anjo exterminador, compreende? (Isso tem que funcionar.)

Que legal, que iniciativa mais 'admirável'... Mas talvez já não seja o caso de ponderar mais nada... Talvez eu só precise de algum prazo, para resolver umas coisas que envolvem crenças pessoais, além de outras merrecas pendentes em minha vida... Depois disso, aí sim — posso dar meu salto para a eternidade.

(Agora vai!) Esse negócio de prazo não é comigo, é com o Diabo — o qual, por sua vez...

E ainda se atreve a invocar o Diabo... Esse meu 'anjo' não existe mesmo... Me faz lembrar o poeta Marsicano, ao som de sua cítara: 'Diante disto, nem sei se insisto ou se desisto — dizia o Conde de Montecristo'...

(Ou vai, ou racha...) Então vamos fazer uma aposta, para afinal decidir essa parada; presta atenção: em vez de insistir, você desiste de vez — se for capaz de responder só uma pergunta — umazinha... E nem é propriamente uma pergunta, é mais um enigma...

Tá combinado, doutor Casemiro, deixa cair... Adoro enigmas, diga lá...

Então, dona Eugênia, responda: você acha que é possível conhecer a verdade — antes de chegar a hora, antes de chegar a vez?

Eita, diacho; quanta ingenuidade... A verdade estava escrita, seu abestado — sempre esteve!... Pois tenho uma má notícia para você, meu caro soldado raso do Exército da Salvação: seu prazo acaba de se acabar... Está pronto para acertar suas contas com o Demo, e começar a pagar com a língua?

(Essa mulher é um monstro...) Negativo... Você está aí, bancando a possuída, só para encobrir sua fraqueza... Não admite se entregar para o bem; nem considera mais ouvir a voz da razão — coisa que, para você, parece nunca ter vez... (Tenho que apelar) Pois agora, lhe dou uma ordem: pare de rosnar como um animal e desça daí, com essa sua sombra magra! Está claro que a gente ainda tem muito o que discutir, antes de decidir sobre...

Negativo, meu 'bom' cabra de Jesus; o doutor cutucou a onça caetana com vara curta... E agora vai entender por que pensava no destino, por que tinha tanto medo de acabar lá do outro lado do rio, na ala funerária da casa do Agra... *No vácuo de seus vacilos, o mal tomou conta e virou o jogo, seu...*

Sim, dá até para ver as trevas turvando seu olhar, de uma vez por todas... 'O Senhor viu que a perversidade dos homens tinha aumentado sobre a terra, e a inclinação de seus pensamentos e seu coração era, sempre e somente, para o mal'... O mal, como um desejo ardente...

Sim, Genesis: capítulo seis, versículo cinco... Mas cansei de esperar: agora eu desço e você sobe — pois é chegada a sua hora, seu Casemiro.

Um amestrador de leões

Só agora eu saquei: se os senhores da Boa Vista são leões, posso amestrar alguns deles. Meu povo sabia como lidar, como dominar esses animais em Angola, então talvez eu consiga encarar um bicho bravo desses por aqui. Demorou mesmo, levou anos para eu perceber que os tais 'leões do norte' moravam encastelados, e não nas savanas, nem nos canaviais... Agora vou tratar de tirar o atraso: vou domar a fúria de uns senhores aí, amansar os rugidos raivosos, encarar a tirania dessas bestas, até desensinar seus maus hábitos reais. Posso começar amestrando esse nobre meio brazuca, meio portuga, nesse seu palacete tão ajeitado aqui na rua da Soledade, a bem conhecida Villa Ritinha; pois esse leão-nortenho, senhor de terras e escravos, além de esmagar tanta cana e tanta gente em seu engenho, mantém um outro leão em casa, ainda mais animalesco, enjaulado em seu quintal recifense... Claro que pode haver reação do senhor leão, tão fidalgo, então é preciso tomar todo o cuidado; nenhum animal 'civilizado' desses aceita ser amestrado de imediato, de modo que é bom manter essa adaga comigo, pronta para o uso em caso de necessidade; nunca se sabe a hora em que a gente vai precisar sangrar a garganta, ou cortar o bucho de um senhor de terras como esse, se por acaso o 'treinamento' do animal não funcionar.

Aqui dentro é tudo tão bonito; um sobradão com pé direito bem alto, quase todas as paredes pintadas com paisagens e retratos de artistas geniais e 'leões do norte', essa cepa que se acha de sangue azul, exercitando sua pretensa nobreza fantasiada em fraques e cartolas. Essa Villa Ritinha brilha nas noites mais ilustradas da cidade, com suas salas para concertos e recitais, as dependências para a escravaria, o imenso jardim. Tem até elevador e capelinha, imagina... Uma graça de morada, mesmo. Vai ser divertido — ainda mais para um desescravo como eu — amestrar um 'leão do norte' em seus domínios... De agora em diante, esses caras vão ter de aprender o sentido filosófico da antropofagia, 'única lei do mundo, a expressão mascarada de todos os individualismos, de todos os coletivismos e religiões, de todos os tratados de paz'... Vão aprender a dar o devido valor ao nosso canibalismo, embora o ato de deglutir 'leões do norte' assim, com estudada selvageria, não seja bem o espírito da coisa antropofágica, cultura que o Brasil ainda vai implementar, assim que a descobrir — ou redescobrir. Pois se esse sujeito não deixa de ser um animal selvagem e exótico, um senhor 'brasiluso' que explora terra e gente sem a menor dó nem piedade, nada mais natural do que cozinhar e devorar suas carnes, órgãos e vísceras em rituais ancestrais, com 'requintes fetichistas'... Creio mesmo que deveria haver uma lei para regulamentar o consumo de gente opressora, estabelecendo regras e definindo métodos para esquartejar seu corpo, deglutir sua carne, assimilar sua alma, por toda a província de Pernambuco... Ainda mais se o leonino opressor tiver todos aqueles maus hábitos, como o péssimo costume de castigar sua escravaria com o uso do chicote, ou mandar arrancar nossos dentes sem clemência, ou servir a comida mais imunda para nossa refeição — pelo que ainda nos obriga a agradecer... Além de tudo, esses senhores têm o sublime desplante de fazer a gente se ajoelhar e rezar diante daquelas imagens idiotas, nos alpendres de suas capelas católicas (por mais que me compadeça do destino do senhor Jesus Cristo, um defensor amoroso de seu povo, que não merecia ser sacrificado daquele jeito, ou de jeito nenhum)... Então, creio que seria bem adequado sangrar o pescoço papudo deste senhorial 'leão', mas sem se deixar tomar por um sentimento de ódio ou vingança, não senhor; porque isso é mais uma questão de justa medida, de adequação mesmo, como já disse. Seria de bom tom amestrar este nosso rechonchudo brás-portuga em seu solar, em seu sobrado tão refinado, decorado com frisos e afrescos pitorescos, mármores e espelhos italianos, mobília francesa, luminárias alemãs, e seu arsenal de prataria inglesa... Então: essa será nossa missão, a coisa mais avessa e mais indigesta aos jesuítas; e vamos sem nenhum medo escadaria acima, para entrar em seus nobres aposentos — e apresentar nossa resolução ao portuga de Pindorama, em sua intimidade; parece que o excelso senhor já saiu do banho lustral, está se arrumando para mais um dia aprazível ao exercício de seu domínio geral... Pobre portugueiro, mal sabe o que lhe espera. Vai pagar seus pecados como um penitente medieval; mas vai aprender a ser gente — ou então vai seguir direto ao purgatório, assim mesmo, sem mais, de repente.

Você deve achar que sou algum alforriado, mas ainda um escravo, não é? Damião, o 'negro forro', como o pessoal diz... Um bárbaro letrado, mas gabola e ignorante, que sequer sabe se comportar como um temente a Deus. Mas se vosmecê pensa assim, acertou só pela metade: bárbaro letrado, sim; gabola e ignorante, nem tanto... Quanto a seu Deus, melhor que não se meta comigo, não me aperreie com seus desmandos, pois tenho minha própria religião — aquela que vocês tanto satanizam... Afinal, vosmecês bem que tentaram, mas não deram conta de arrancar tudo de dentro de nós, tudo em que a gente acredita, tudo o que nos dá identidade e valor. Sim, a ironia está liberada, de modo que vosmecê pode pensar 'mas que negro metido a besta, mas que escravo mais erudito'; vosmecê sabe de nada, inocente... Esse Brasil que vem aí tem pouco a ver com suas ideias fidalgas; isso aqui vai virar um 'pega pra capar', se as nossas ponderações não forem seguidas. Agora, presta mais um pouco de atenção: 'O espírito recusa-se a conceber o espírito sem o corpo. O antropomorfismo. Necessidade da vacina antropofágica. Para o equilíbrio contra as religiões de meridiano. E as inquisições exteriores'... Compreende? Ou quer que eu desenhe um caldeirão, com pedaços do pobre bispo Sardinha marinado no caldo de seu martírio, fumegando lá dentro? Vem, vamos descer; bora lá no quintal, nesse vosso esplêndido jardim botânico tropical, chegar junto ao leão da outra espécie... Vai ser interessante: testemunhar o encontro corporal entre um 'leão do norte' e um leão africano, não vai?

Pronto; na jaula, vocês leões são todos iguais... Ainda bem que ambos estão alimentados, senão, um já estaria comendo o outro — já pensou!?... A barbárie vive dentro dos lares recifenses, desde sempre; nesse caso, vamos barbarizar as coisas aqui no quintal, para examinar seu comportamento bestial no clarão do dia. Nosso brasportuga aí na jaula, suando em bicas, cara a cara com seu irmão em leonidade... Pensando bem, é até bonito: uma cena bastante pertinente a essa cidade orgulhosa, que tem um imponente leão coroado em sua bandeira, carregando uma enorme cruz vermelha, com um lema em latim por sobre a coroa d'ouro, 'força e fé', além de uma estrela e um sol de cada lado, tudo dourado... A verdade é que vosmecês se merecem, e deviam mesmo estar ansiosos por este momento, por este encontro fatídico — adiado há tantas temporadas, decerto desde antes do império, desde a época colonial. E enquanto se conhecem mais intimamente, vou lhes revelar mais umas recomendações, instruções que servem para a nossa muito ensejada arrumação nacional, tendo em vista uma civilização mais consoante, em maior conformidade com a natureza e a história desta amada 'nação sem noção' brasileira... Prestem bem atenção: 'Antropofagia. Absorção do inimigo sacro. Para transformá-lo em totem. A humana aventura. A terrena finalidade. Porém, só as puras elites conseguiram realizar a antropofagia carnal, que traz em si o mais alto sentido da vida'... Compreendem? Só uma elite pura, aristocrática e refinada é capaz de realizar essa façanha! Passar além do plano intelectual e mesmo religioso, para realizar a transcendência através da coisa carnal, em que se incorporam tanto as gostosas entranhas quanto as virtudes espirituais do ser a ser devorado... Hum, olha só pra isso... Parece que seu par africano vai mesmo arrancar seu couro, meu senhor, a fim de fazer outra refeição — com carne mais fresca, banhada em seu espesso sangue azul... Eita, já tá arrancando as entranhas!... Olha só pra isso; meu Deus, acabou virando uma festa. E lá se vai um naco de seu polpudo quarto traseiro luso-brasileiro, como se fosse uma paleta bovina. Que coisa; como é difícil construir uma civilização nos trópicos.

Parada
Esperança

O escritório até parece um centro acadêmico aparelhado por alguma tendência revolucionária, mas com toques singelos de escolinha contracultural, remetendo a gente de volta aos anos 60; fica na sobreloja de uma galeria, dessas que atravessam os prédios comerciais, nos entornos da avenida Guararapes. Ainda que decadente, essa galeria continua sendo um atalho interessante, quase um oásis para quem passa pela área ao acaso, como uma viela abandonada nessa barafunda urbana, um descanso nos domínios do automóvel; a gente vai andando entre as mesas e cadeiras que entrecortam o caminho, entre calçadas rachadas e plantas mal cuidadas, dá de cara com botecos caídos e comedorias encanecidas; mas também encontra uma lavanderia bem conservada, uma barbearia bem sossegada e talvez a menor academia de ginástica da cidade — além de uma tabacaria que soube se adaptar a esses tempos, com charutos e cachimbos mais baratos, sedas e insumos para os diversos consumidores, incluindo os alternativos... E no final da passagem, com saída para a outra rua, funciona uma oficina mecânica para motocicletas 'ancestrais', das que só consertam uma moto por vez, até por falta de espaço — provocando uma conjectura: aquele mecânico decerto tenta dar um jeito em coisas que já não têm conserto, como os sonhos dos 'easy riders'.

Esse arrodeio todo desvia um pouco o relato, mas vale observar que, no cotidiano do centro da cidade, uma galeria como essa atenua toda pressa: se por acaso um temporal ou um congestionamento criam 'caos' no Santo Antônio, essa passagem serve como ambiente mais amigável, onde se entra numa onda mais vagarosa; uns gatos soltos e uns mendigos bem abrigados distraem a gente no caminho, fazem a gente derivar das ideias diárias, variar em outras ondas. E aparecem pessoas de outras tribos — adictos, poetas e prostitutas, aposentados e ambulantes — todos circulando mais tarde, na condição de entes contraproducentes. Gente das castas mais descartáveis escoando por esses arredores, refluindo como caranguejos dos inumeráveis meandros da cidade.

Mas vamos voltar ao escritório da sobreloja, aquele que nos remete de volta aos anos 60: lá funciona a Célula 1, que se autodefine como uma 'central alternativa pela cidadania evolutiva', em suas muito modestas instalações: mobília reciclada em cores vivas, velhos ventiladores ruidosos, vasos com avencas viçosas em torno da vidraça aberta, o sopro da aragem a embalar uns sininhos tibetanos, tilintando... E no terraço estreito se espreguiça um gato gordo, todo malhado, chamado Mao.

Esses itens sutis contrastam com uma série de posters na parede lateral, estampando fotos de estudantes em conflito com a polícia, grevistas em passeata, paradas da diversidade, caminhadas do povo do santo, cortejos de maracatu; na parede ao fundo, encimando uma longa lousa, tem uma sequência de retratos em alto contraste com Gandhi, Guevara, Mandela, Lennon, Simone e Sartre, Dandara e Zumbi, Jango Goulart, Miguel Arraes, Francisco Julião, Frei Caneca, Dom Helder, Darcy Ribeiro, Paulo Freire, João Cabral, Clarice Lispector, Chico Buarque, Chico Science, Ariano Suassuna, Nise da Silveira, Lia de Itamaracá — um colado com o outro... E a gente começa a entender os ideais dessa entidade eclética, que tenta conjugar arte e atitude, contestação e causas sociais, tudo no mesmo balaio.

Trouxe você até aqui, mas esqueci de me apresentar: Jorge Tenório, assessor de imprensa veterano, meio fora das agendas e circuitos; estou contratado pela Célula 1 para colaborar num evento simbólico, com remuneração quase simbólica... Por enquanto, só a delicada secretária Mioko está na área, arrumando o espaço para a reunião; mas pelas pistas em sua mesinha, a moça estava pintando as unhas até agora há pouco... Melhor sentar e meditar um pouco; logo o pessoal aparece.

Cochilei quase meia hora, o suficiente para que chegasse a troica envolvida na organização do tal evento, começando pela camarada número um da Célula 1: Doroteia Franca, a mais dedicada enfermeira do Hospital da Restauração, a quem o pessoal chama de Dona Esperança, com um certo carinho. Ela é uma dessas ruivas de cabeleira encaracolada, sardenta e sorridente, que nunca desanima ante adversidades, muito pelo contrário; diante dos obstáculos, ela tira seus óculos grossos de lentes grossas e ergue seu olhar altivo, armando uma expressão serena de 'confiança no futuro' — e não tem erro: todos sentem a maior firmeza em sua constante profissão de fé, seja qual for a circunstância... Dona do maior alto astral da cidade, essa mulher milita pelo entusiasmo; seu enorme otimismo só não supera suas dimensões, pois o peso de Doroteia já deve estar ultrapassando os três dígitos, com volumes de banha molejando cada vez mais soltos debaixo de seus vestidos coloridos, feitos de estampas florais quase sempre exageradas, efusivas... (Dizem à boca pequena que sua única crise depressiva foi causada por um amor não correspondido; no Carnaval de 88, Doroteia teria se apaixonado pelo Rei Momo de então, Tarciso Gotemburgo, mas o sujeito sofria de um grave transtorno de personalidade, e era abertamente gordofóbico)... Só para completar, a voz da Esperança é maviosa, uma coisa meio divina, bem timbrada em sua suave benevolência; faz lembrar uma senhora inocente, tirada de algum filme infantil — como aqueles do antigo cinema tcheco, ainda nos tempos soviéticos, ainda na era dos cineclubes.

Mas como ninguém é perfeito, Dona Esperança tem pelo menos uma coisa bastante antipática: um cacoete muito incômodo, tipo um tique onomatopaico, que a faz pronunciar um alongado 'ãm' no final de cada oração, sem falhar uma vez sequer... A gente fica até meio ansioso, só esperando pelo próximo 'ãm' em suas reticências...

A seu lado, estão dois parceiros importantes para o planejamento da coisa toda. À esquerda, o articulado Gabo Debón, chef vegano uruguaio, um tipo esquálido e reservado com seus penetrantes olhos verdes, microcavanhaque castanho e cabelo amarrado, quase em forma de coque; Gabo é o dono do bem-sucedido Café Beterraba. À direita, um policial militar chamado Everaldo da Rocha, sujeito rechonchudo e pachorrento, mais conhecido como Sargento Paciência, mulato muito simpático, que transpira o tempo todo; ele adora chamar o chef vegano de Comandante Remolacha.

Paciência comparece em caráter 'extraoficial', para aconselhar sobre questões de estrutura e segurança, entre outras coisas, enquanto Remolacha participa atendendo a um 'chamamento', sobretudo para colaborar na aproximação entre duas tendências semelhantes, embora pouco confluentes: os 'pós-telúricos', segmento em ascensão entre aqueles que tentam conjugar cultura urbana com algum ideário naturalista; e os 'neo-utópicos', ou socialistas reformados, contingente composto por quem ainda acredita numa sociedade mais solidária e mais ecológica, porém rejeita todo e qualquer sistema autoritário, por princípio... Em crise há décadas, esses verdes e vermelhos contemporâneos andam cansados de guerrear contra os mesmos rivais de sempre — os reacionários, imperialistas, predadores, conservadores, neoliberais, financistas, rentistas, capitalistas em geral — mas ainda não descolaram um sistema que possa suplantar toda essa selvageria, que possa 'resolver a desigualdade sem sacrificar a liberdade', como dizem seus simpatizantes.

'Nossa intenção é identificar pontos em comum entre as tendências, até alcançarmos uma plataforma política sustentável, solidária e inovadora — ãm...', vai esclarecendo Dona Esperança em sua suavidade, 'pois a gente carece, mais do que nunca, de pessoas que cooperem na construção de um mundo de paz — ãm... E essa paz só virá à luz quando a gente domar o monstro da miséria humana, que botou esse planeta de cabeça para baixo — ãm... É preciso conservar a vida, a beleza da vida; é preciso preservar Gaia, nossa amada mãe-terra, na missão sagrada de salvar os terráqueos, gerados e nascidos de seu ventre — ãm... Dando a mão a quem mais precisa, com todo o amor que houver nessa vida — ãm'...

Esse tom poético-altruísta tem um intenso efeito emotivo sobre o Sargento Paciência; o policial acolhe em seu íntimo cada palavra, até chegar ao 'ãm' final... E então enxuga a testa com o lenço, e arremata com um comentário entusiasmado, tipo 'eita, Doroteia, você é gente pacas!'... E acontece uma coisa parecida com o Comandante Remolacha; quando escuta a líder, o cara junta as mãos magras como quem vai rezar, coloca a ponta dos dedos diante dos lábios e fecha os olhos; assim demonstra seu profundo agrado, como quem foi tocado por um alento... Parece uma coisa meio mística mesmo, talvez turbinada pelo consumo sistemático de ervas, chás e infusões em que se baseia sua dieta 'vegana que eu gosto' (conforme eu penso, mas não digo).

Depois de se concentrar, e quase meditar por uns minutos, Remolacha tira uma folha de papel do bolso da camisa, abre bem para desvincar as dobras e apresenta sua primeira proposta, no mais esplêndido portunhol: 'Mis queridos, atendendo ao pedido de nuestra camarada número uno, anoté una lista de nombres para la composición del elenco alternativo-holístico a desfilar en nuestro evento de la Célula 1... Són personas quintessenciales a nuestra acción contracultural, si me permitem esa terminologia extraña... Y, por supuesto, estoy curioso para saber la opinion de todos vocês'... Esperança sorri com esperança, enquanto Paciência deixa escapar um bocejo; o chef uruguaio nem repara e vai pontuando sua leitura, 'pensé en convocar a nueve, nueve nombres de nuestro universo alternativo, en una mescla quizás inédita... Incluyendo el viejo babalaô alagoano de Beberibe, conocido como pai Cido d'Oxalá; el super conceituado astrólogo Ary Antonino Astorga, un tipo raro, no?, ex-paranaense convertido a neopernambucano; la señora Circe Frias, una taróloga veterana que atende en el mercado de Madalena; la cartomante Dolores Goicoechea — Lola, mi paisana — que vive hace décadas en un bosque en los altos de Aldeia; la muy conocida quiromante chinesa Wei Wan Khan, del barrio de San José; el terapeuta naturista y instrutor de yoga Noé de la Conceição, que és de aquel mismo morro, pero de origen sertaneja; la líder neocomunista Nandinha Florêncio, hija de um almirante que he venido del Rio de Janeiro, en los años 60; la entusiástica professora Flora Cajazeira, dirigente pós-sindical olindense, de orientación pansexual y anarquista; y la ativista comunitária Neuzinha Zíngaro, dueña de la quitanda Quitandinha, en la comunidad del Bode... Entonces, que tal les parece esta selección, aunque preliminar?'

A crítica de Paciência acerta na mosca: 'A lista está interessante, mas alternativa demais; a gente precisa de uma composição mais equilibrada, diversificada por regiões da cidade; ou seja, a gente precisa botar aí pelo menos um padre de esquerda, um pastor arejado, um ativista LGBT, um médium kardecista — gente menos exótica, e que represente o Coque, Ibura, Jaboatão, aqueles outros lados... De repente, também era bom arranjar alguém da área de saúde, talvez um acupunturista que atenda em alguma comunidade carente — tipo Santo Amaro, Totó ou Peixinhos, sei lá...'

Esperança está de acordo com o Sargento, mas vai puxando pela cultura: 'Concordo com Paciência, e recomendo chamar também uns mestres de artesanato, uns artistas e intelectuais, gente querida e respeitada pelo público — ãm... A ideia é acrescentar, dar mais credibilidade e mais calor humano ao evento, para que assim possamos embalar nossos mais caros sonhos de renovação para o mundo todo — ãm... Ensejando uma dimensão benfazeja — como se, numa imensa vela, a gente acendesse uma chama ao futuro, um farol da nova espiritualidade — ãm... Pensei em convidar Lia de Itamaracá, por um lado, e o reitor da UFPE, por outro — ãm... Que lhe parece, Jorge?'

Por puro bom senso, endosso os reparos de Paciência e Esperança, e ainda 'lembro o comitê do quanto é importante chamar a atenção da imprensa, trabalhar com gente que gere repercussão na mídia, e tal... De modo que seria bom pensar em atrações musicais e circenses, em opções que deem mais volume ao evento'.

'Perfecto, a gente tambien fez contato con un pessoal que hace teatro de rua, más un trio de forró e un tal funkeiro de Vasco da Gama, que anda haciendo mucho sucesso en las comunidades', emenda o Remolacha; 'y creo que seria bárbaro invitar los voluntários de alguna ONG que cuida de gatos y perros de rua, para desfilar con sus mascotas', completa o chef arregalando sus ojos, como quem se tocó de una coisa muy importante...

E assim a troica começa a recompor suas listas, costurando novas alternativas.

Quando Mioko aparece com uma bandeja, servindo biscoitos, chá gelado e café quente, de repente me dou conta do quanto estava avoado, muito distraído do andamento das conversas, disperso dos novos conteúdos... Retomando a atenção, reparo que os acertos tinham evoluído, e que esse evento já contava com um nome provisório invocado, 'Primeira Parada Alternativa de Pernambuco'... Animadíssima com os novos planos, Esperança pede por mais ideias, 'para diferenciar nossas ações pela criatividade e pela originalidade — ãm...'
Eis que Paciência vem com uma ideia genial: sugere uma parada sequenciada em alas, como se fosse uma escola de samba... 'As crianças especiais, que estudam em escolas para defi-

cientes, poderiam abrir o desfile, como se fosse uma fanfarra de verdade, ainda que improvisada; depois poderia entrar uma ala mística com os astrólogos, babalaôs, ciganas, cartomantes, quiromantes; esses seriam seguidos por uma ala religiosa, composta por babalorixás, padres, pastores, médiuns, monges budistas e até um rabino na evolução; e aí sim, para desespero dos mais conservadores, entraria o corso dos LGBTS, bem à vontade... Os casais homoafetivos, bis e trans podem anteceder uma ala dos naturalistas, com vegetarianos marchando junto a produtores agroecológicos — todos de chapéu de palha, portando suas pás, enxadas, arados manuais'...

Esperança se encanta com a ideia, e comenta excitada: 'excelente, Paciência!...' Animadaço, o Sargento repassa o lenço empapado no rosto e sugere o encerramento do desfile, 'com uma ala composta por quem pratica medicina natural — saudando o público e pedindo passagem para os terapeutas florais e fitoterapeutas, ayurvedas e yogues, reikistas e acupunturistas, aromaterapeutas e cromoterapeutas — e até mesmo os homeopatas, que andam meio sumidos... Todos devidamente paramentados... Ainda falta alguma ala, Comandante?'

'Me parece que olvidamos de escalar a un xamã indígena... Y creo que seria conveniente prever una ala quilombola, asi como una otra, reuniendo algunos luchadores veteranos de las causas populares, para acomodar a los sindicaleros históricos, a los antigos anarquistas e militantes políticos libertários — talvez dando destaque a viejos combatientes, los guerrilleros sobrevivientes de los años 60, por que no?... Asi parece que teríamos praticamente todas las corrientes alternativas contempladas', arremata nosso chef vegano, que também parece encantado com essa proposta 'muy esquisita, casi carnavalesca'... E vai concluindo: "Todos nosotros, los organizadores del evento, podemos entrar vestidos de blanco, con algunos detalles o acesorios de la indumentária re-

gional, para valorizar nuestros estilistas nordestinos... Detalhes como un sombrero de cuero, talvez un gibáo, ou un paraguas de passista de frevo, um manto de maracatu... Que les parece?'
'Desde que tenha um toque de moda contemporânea, senão vai ficar tudo muito turístico — ãm... Mas para o final, aí sim: um cortejo de maracatus seria um fecho divino-maravilhoso, em grande estilo — ãm... Não acha, Jorginho?'... Aproveito para ampliar um pouco mais a proposta: 'Perfeito... Mas para completar o elenco dos excluídos, seria interessante convidar algumas prostitutas profissionais, talvez fantasiadas, vestidas com figurinos de entretenimento, quem sabe... E ainda incluir uma ala para os aposentados — que, de repente, poderiam pedalar naquelas bicicletas com lanternas à luz de querosene, irradiando suas luzinhas em movimento'... Creio que acabei exagerando em meu despejo mental para esse 'brainstorm', com um certo medo de parecer debochado; mas o Comandante Remolacha vibrou com a sugestão: 'Si, uma ala de prostitutas provocantes, y aun los jubilados en sus tranquilas bicicletas luzidias!... Bárbaro!'

Mais algum tempo de maturação da parada e aparece na porta do escritório uma turma excêntrica, parecendo uma trupe de teatro de rua; uns caras saídos de alguma sociedade lendária, vestidos em seus andrajos parodicamente aristocráticos, contornados por fios luminosos em neon branco, realçando o formato de cada figurino; eles entram na sala e pedem permissão para se apresentar... Curiosa e animada com a presença da 'entourage', Dona Esperança os deixa à vontade; então o sujeito mais magro e cabeludo do grupo, debaixo de um elegante chapéu preto de aba larga — onde pousa um delicado canarinho amarelo, esculpido em madeira — retorce as pontas de seu muito bem cuidado bigode à D'Artagnan, e trata de introduzir sua companhia ao comitê: 'Somos o Guaiamum Tuberculoso, um coletivo de mendigos literatos, poetas trágicos e cantadores românticos, que se reúne debaixo de algumas pontes do estuário capibaribenho, quando a maré assim o permite'...

Intrigado, o Comandante Remolacha comenta que não os conhece, mas se lembra de alguns daqueles 'vestuarios esquisitos', que se destacavam nas araras de um requintado brechó retrô, numa travessa da avenida Dantas Barreto; o Sargento Paciência, mais intrigado ainda, diz que 'se recorda vagamente de algumas ocorrências na madrugada, envolvendo suas performances', provocando uns sorrisos meio sem graça na galera... E Dona Esperança parece estar super interessada, ansiosa por saber sobre a razão daquela visita — coisa que esse nosso personagem meio mosqueteiro vai logo esclarecendo, enquanto enrola a outra ponta do bigode: 'Bem, meu nome artístico é Arts Galaxy, e falo em nome de todo o grupo; nós estamos sabendo que esta Célula planeja realizar uma intervenção inovadora no centro da cidade, reunindo várias correntes alternativas'... Hum, já entendi... Esses caranguejos sentimentais devem ter farejado a oportunidade no ar — ou ficaram sabendo da novidade através de enviesados raios de luar — e agora tentam pegar sua carona na Parada Alternativa... Ficamos pensativos, em silêncio por uns instantes, enquanto Mioko servia mais água e café, chá e biscoitos para os visitantes.

Pela pinta dos caras, até parecia uma atração sedutora; mas pela descrição da proposta, acaba sendo a mais exagerada extravagância da tarde: 'Se houver interesse, o Guaiamum Tuberculoso topa participar da apoteose desse evento, estreando em recital sua nova obra coletiva — a leitura dramática de um poema longo para vozes obscuras, intitulado 'Pontes e postes, poetas e putas', em que todos atuam seminus, iluminados por uma lua borbulhante e sulfurosa, toda contida dentro de um grande globo de acrílico, a la Barbarella... Cada bacante se cobre apenas com um largo colar de plumas, além de portar uma galhada de gnu ou veado, ou mesmo uns ramos secos na cabeça; e nessa atmosfera feérica, de encantamentos ancestrais, retrocedemos às priscas eras pagãs, ao som de Stravinsky', encerra nosso sutil cavalheiro, em seus trajes seiscentistas.

A reação da troica, ainda que meio titubeante, era mais para surpresa do que para embaraço; afinal, antes mesmo de ser divulgado, o evento ganhava uma oferta assim, tão original... Dona Esperança, como sempre, consegue se sair muito bem na saia justa: 'Só podemos agradecer a tanta consideração... Claro que vamos levar em conta sua proposta generosa, com todo o carinho do mundo — ãm... Pois acreditamos, de corpo e alma, estar cada vez mais perto de reescrever a história, num momento de mais abertura à sensibilidade, chegando ao ponto de mutação das relações interpessoais — ãm... Tenho sentido que quase podemos tocar nas bordas de uma época de bem-aventurança, que parece se entreabrir em nosso horizonte humano — ãm... Um tempo de renascer... De reflorescer... De restaurar a fé e a confiança em nosso futuro comum — ãm... Portanto, se vocês tiverem um portfolio de suas performances, um vídeo ou mesmo um impresso, por favor, entreguem amorosamente ao nosso assessor de imprensa, Jorge Tenório, junto com sua proposta — ãm... Entraremos em contato com vocês, claro como o Sol há de raiar numa nova manhã...'

Depois da saída da comitiva guaiamum, Dona Esperança encerra a reunião falando em vagas recompensas por boas intenções, em benesses mediadas por nossas boas ações: 'Só essa energia benigna que rolou em torno desta mesa, envolvendo este escritório, esta galeria, este centro da cidade, já deve estar adubando mais um bocadinho do nosso sagrado canteiro celestial, nossa leira do bem no ideário universal — qual seja, paz na terra aos homens de boa vontade — ãm... Nós, desta modesta Célula, ainda haveremos de contribuir, com nosso quinhão, na criação de um mundo mais justo e pleno de virtudes, semeando mais amor e mais solidariedade, enterrando a mesquinharia e o consumismo — ãm'... E assim ela vaticina seus desejos para a Primeira Parada, que haverá de ser um sucesso, mesmo se não mudar em nada a marcha cósmica do mundo — a roda cármica que, segundo antigas escrituras, conduz cada um a seu destino. Doroteia, Gabo e Everaldo se despedem devagar e saem vagarosamente juntos, sorridentes e felizes. Mioko vai sair logo mais; mais um pouco e devolvemos nossa ausência a esse espaço, para que volte à sua natureza noturna, entre folhas amarfanhadas e rascunhadas, entre restos de coisas usadas durante o dia, entre xícaras servidas e lascas de biscoito que agora alimentam as formigas; as plantas já respiram mais aliviadas pela proximidade da noite, pressentem suas horas de restauro na sombra e no silêncio; fico pensando que as faces da paz são essas, e só aparecem assim, no vazio — sem som, nem luz.

Enquanto escurece, no caminho de volta, repasso toda a galeria; e vem à memória o poema de um amigo da mocidade, com um título intrigante: *Nada deve estar certo quando tudo estiver em ordem*... Uma senhora muito magra, de vestido roxo todo bordado, quase oculta sob os ásperos cabelos pretos, dá de comer a uma ninhada de gatinhos; quando me encara, parece uma vampira... Claro que não me afeta, mas entristece; vampiros provocam compaixão.

Os ares parecem mais abafados, com a armação de uma tempestade; já dá para escutar os trovões ecoando no Recife Antigo, e a ameaça aumenta minha cisma... Será que existe mesmo um destino escondido, entrando em marcha assim, sem mais? Um intuito secreto estaria aí sendo tramado, enquanto os espaços se esvaziam — ou enquanto os incorporadores botam abaixo os antigos armazéns do Cais?... Entre os passeios e as coisas, tudo é simples e opaco, como de costume; tudo parece suspenso, enquanto a tempestade se aproxima com relâmpagos e ventanias, trovões e tudo... Quem sabe essa parada de Esperança também aconteça assim — como uma tormenta que vem e vira a cidade do avesso, tornando esse evento um estopim da mudança, vai saber...

Na oficina de motocicletas antigas, o último cliente sai com sua moto restaurada; animado com o ronco e o empuxe, vai acelerando a toda velocidade, decerto excitado com a noite e suas promessas. O som da moto vai sendo extinto em meio à chuva, que agora envolve a galeria e umedece a gente.

Mais tarde, sentado numa mesa de bar na periferia, entre companheiros de outros tempos, me pego tentando imaginar um monstro transparente, que altera as formas da noite, revirando seus escuros do avesso — imagine... E a madrugada vai se impondo assim, deixando a gente introspectiva, numa cidade que adormece meio por acaso, para esquecer e lembrar suas ideias de ordem. Já dá para escutar uns galos ao longe, cumprindo a sina de sua rotina: armando a lona da aurora, soprando o balão de ensaio do dia, 'tecendo a manhã'... E a mesma pergunta bate fundo, dentro e fora da gente: o que devemos fazer?

Descostura da tarde

Em quase todo ensaio de fotos que me meto a fazer nessa cidade — ainda mais aqui, no Recife Antigo — me acontece isso. Tenho na memória um arquivo de imagens clicadas por meus fotógrafos favoritos, começando por Cartier-Bresson. E quando vou fazer uma foto, sem querer, minha mente 'descarrega' uma imagem dessas bem à minha frente, num lance espontâneo (acho que é algum tipo de 'toc', negócio estranho mesmo)... Claro que costuma ser uma imagem referente à cena que fotografo, e um exemplo seria 'alguém prestes a pisar numa poça d'água' — em que me aparece aquela imagem clássica, captada pelo olhar do francês. Mas esse fenômeno também acontece em cenas mais comuns, como a de um ciclista parado com sua bicicleta, isolado no beco de uma viela ou na borda de um viaduto; ou talvez numa cena de pessoas perplexas, perdidas entre escombros de uma enchente; ou ainda numa cena de crianças brincando numa quadra de escola pública, toda detonada; ou até mesmo num cenário de encontro às escondidas, na sombra de uma quebrada, numa das muitas favelas dessa cidade... Enfim, essa imageria surge (sim, surge) à minha frente assim, de repente, contra a minha vontade, enquanto enquadro ou arrumo o foco da câmera, para desaparecer alguns segundos depois... É uma alucinação instantânea e incômoda, pois minha 'galeria da memória' é enorme; tenho centenas de fotos nos escaninhos da cabeça, só esperando a chance de aparecer aí, diante da câmera, estorvando meu serviço... É foda, mas fazer o quê?

O começo dessa mania coincide com minha migração para o campo da fotografia documental; antes, na época em que atuava em jornal, a coisa era mais simples, pois tudo era bem objetivo: 'vai lá agora, Rubens, e vê se pega uma foto para a capa de amanhã, com o Arraes saindo arretado da reunião no Palácio'... Era um trabalho pautado pela redação, claro; mas era massa encarar esse desafio, com a missão de trazer um troféu para publicar na primeira página do Diário — e acabar voltando para casa como um caçador super satisfeito, por ter levado uma grande peça de carne fresca para o pessoal da tribo comer, na manhã seguinte... Bom, não adianta reclamar; quem mandou mudar o foco profissional, de fotojornalismo para o documental? Agora aguenta.

Numa tarde à toa, andando pelo pedaço mais tedioso do cais, no Recife Antigo, nessa banda urbana reciclada junto ao Marco Zero ('requalificada' para uns, 'porto-maderada' para outros), a gente percebe o quanto essa plataforma comercial, voltada a consumidores e turistas, vem adulterando o espaço original, a paisagem mais preciosa da cidade, bem na área desse 'buraco no mar', que deu nome à Capitania de Pernambuco; as autoridades pernambucanas acabaram com os armazéns e galpões antigos, só para implantar essa coisa pasteurizada, tipo 'food court'... Parece mesmo que, conforme a época, os caras tentam fazer suas cirurgias plásticas na cidade, gorando com a graça original, com as coisas que preservariam os encantos nas formas de cada período da história; e assim o Recife segue o féretro, o enterro de seus passados mais interessantes, maquiando características as mais particulares, as faces só suas... Talvez essa vocação mutante seja outra consequência da chamada 'civilização do açúcar' que, para o bem e para o mal, pariu quase tudo o que agora existe aqui, com os requintes dessa máquina econômica, com seus quase cinco séculos de voracidade e violência, no esquema 'moedor de gente' de suas fazendas e engenhos — coisa que, por outro lado, gerou um mix de cultura popular tão diverso, generoso, resistente.

No entanto, da antiga Cidade Maurícia, erguida no período holandês, sobrou bem pouca coisa, além de uma ou outra fortificação. Da época colonial, ainda restam alguns conventos e igrejas barrocas — graças a Deus e ao Iphan — e agora mesmo estou indo atrás de uma delas, poucas quadras além dessa tal 'banda reciclada'... Vou passando pelo belo conjunto do Cais do Sertão (um museu que recria os espaços com a amplidão dos armazéns, num contraponto monumental àquele 'porto-maderismo' gentrificado para compras e passeios previsíveis; um museu que, além do mais, abre um imenso vão livre entre o canal do porto e a torre Malakoff)... Portanto, já estamos do outro lado do Marco Zero, caminhando no sentido Norte; em poucos minutos, a gente chega na comunidade do Pilar.

Vamos checar aqui, no meu guia prático: igreja de Nossa Senhora do Pilar, construída em 1680 sobre as ruínas do antigo Forte São Jorge — 'onde os pernambucanos resistiram bravamente à invasão holandesa', imagine só, 'valorizando a vitória adversária'... E agora essa pequena igreja, recatada, adorável, mostra outra vez seus traços — toda restaurada, de volta à velha forma de sua última reforma (feita em 1899, creio que com ligeiros acréscimos neoclássicos e sutis retoques republicanos).

Mas seu barroco ainda está todo aí, bem preservado e protegido, em contraponto aos barracos dessa favela, encravada há décadas em seu entorno; prensada pelo 'progresso' da cidade, incrustrada em sua zona portuária arruinada, a comunidade do Pilar ostenta o segundo pior IDH da cidade do Recife... Pois Deus é grande, o governo é gigante, mas ninguém supera esse imenso abismo social que nos separa (e lá se vão quinhentos anos de alto contraste, entre tanta riqueza e tamanha miséria).

Na real, é preciso confessar; esse contraste torna a coisa mais atraente, ou mais interessante para quem faz fotografia: os raríssimos azulejos artesanais portugueses que recobrem a cúpula da igreja, os detalhes dourados dos anjos e dos santos, nos entalhes originais em madeira de lei, tudo combinando em graciosa harmonia, num repertório da mais espiritualizada ordem estética. Esse templo é tão simples em suas forças simples, assim como é quase uma quimera 'emoldurada' pela comunidade — esse acúmulo de moradias improvisadas, essa obra coletiva convulsiva — que ocupa quase todo o espaço à sua volta. Uma montoeira dura, uma junção bruta de casebres feitos com tijolos, placas e tapumes usados, compostos entre tanta sucata catada pela rua, conformando um labirinto quebradiço de paredes mal revestidas, quase sempre coberto por abafadas telhas onduladas de amianto.

Esse ambiente vem se edificando, dia e noite, no improviso da montagem instantânea, no 'método' construtivo mais anárquico, cuja maior consequência ambiental é o chorume, escorrendo por entre as portas e aberturas dos cômodos apertados, decorados com posters de animais meigos ou artistas da televisão, além dos adornos modestos que forram esses barracos, arrumados por uma outra ideia de ordem (quando entro num deles, sempre me lembro da frase de um professor da Católica: 'a burguesia mais ignorante não suporta esse fato, mas o sentido estético, assim como a noção de decência, não sucumbem com a miséria material').

Essa descrição do constructo é outra mania minha, e sempre acompanha meu pensamento. Creio que deve ser uma tentativa recorrente de entender esse fenômeno, como ambiente sem estrutura, como colagem de coisas demolidas e pessoas de algum modo rejeitadas, que agora ruminam aqui, nesse estômago da cidade; nenhum fotógrafo consegue resistir a essas contrasturas sociais e espaciais. A gente se serve dos extremos, seja na imagem ou na metáfora, pela voltagem gerada através dos signos; isso fundamenta nosso código, nosso 'modo de fazer' fotografia; é como se a cena escondesse alguma coisa que só essa tensão contrastada, captada na dança entre claro e escuro, fosse capaz de revelar.

E cada um tem seu traquejo, seus macetes no momento de clicar, seus lances metódicos, seus automáticos, seus improvisos; eu gosto de alcançar a cena o mais depressa, na esperança de favorecer a sorte na captura do acaso, me jogando de surpresa — ainda com o quadro todo 'desorganizado'... Minha utopia é essa, é tentar desmascarar o instante a cada instante, até que uma verdade imediata transborde ou transcenda — a partir de seu flagrante... Creio que uma foto perfeita precisa ser precisa, assim como precisa ser fatal, feito uma facada ou um tiro; é fundamental atravessar o átimo, abrindo aquela passagem ínfima entre o agora e o sempre. Minha obsessão é apreender o signo revelador além do fator estético; atravessando a verdade, recortando a sensação apurada no ato naquele instante, nas entranhas do momento; só assim é possível entrever o que estava invisível numa cena — antes de voltar ao império do tempo, antes da verdade ser dragada no movimento... Parece impossível, mas não é.

Chegando com a lente mais perto dessa tese, sustento o seguinte: esse 'transtorno' de contrastes é a essência da fotografia como forma de arte. Por isso é que a gente persegue uma verdade imediata escondida na passagem do tempo, jogando com o acaso. Nosso 'produto' é o momento que nem se nota, como se não tivesse acontecido; esse é nosso 'negócio', e é estranho mesmo... É como ensacar o vento no remoinho, até capturar um Saci — pois só assim é que a coisa se revela e, com um pouco de sorte, aparece.

Até agora foi muita teoria para pouca fotografia; bora tratar de tirar esse atraso, partindo para a prática: os fiéis estão entrando na igreja, padre Felix segue para o altar, dentro em pouco começa a celebrar a missa. É hora do esquenta, de fotografar o que aparece pela frente, a começar pelo sacerdote entrando em primeiro plano, de repente com a câmera apontando de baixo para cima, para enquadrar a cúpula azulejada ao fundo; na sequência, me posiciono de costas para o altar, tento compor o quadro por trás de sua cabeça, com os coroinhas ao lado e o público ao fundo; uma forte luminosidade entra pelas portas e inunda o cenário, favorece a atmosfera de fé pelo excesso de luz, quase formando aquele halo por detrás das cabeças, ícone das coisas celestiais — isso sempre rende uma ou outra imagem interessante; para aproximar as pessoas sem chegar muito perto, tenho que botar logo uma teleobjetiva, o que implica num campo de foco menor — mas facilita a intenção de centrar a definição numa ou noutra face, desfocando as outras ao redor; então é preciso encontrar depressa a expressão favorita entre todas, num frenesi que embala de vez a brincadeira com o acaso; quem percebe o fotógrafo muda o tom, encara o momento de outro jeito; outros procuram abstrair a presença do intruso; e assim, nessa atmosfera, o acaso começa a abrir chances, à espera de uma brecha secreta, tentando quebrar toda contenção — até que o público extravasa geral por um lance casual dos mais adoráveis: aparece um cachorrinho malhado entrando na igreja, no balanço de todo o corpo e do pequeno rabo em seu desfile incerto e quase involuntário, desde a porta da frente... Pois é o caso de arrodear rápido a plateia, para pegar os melhores ângulos da cena desde a entrada, na porta que agora está por trás do pequeno invasor, e enquadrar os oficiantes e os altares ao fundo; o olhar do padre se altera quando percebe o penetra, e alguns fiéis viram o rosto para o lado, para ver melhor a entrada do bichinho — não haveria como produzir uma coisa dessas... Num instante, somos todos súditos do acaso, no reino da espontaneidade; a missa perde o tom e o prumo, todos resvalam da costumeira serenidade; nem dou conta de retratar tantas caras curtindo o cãozinho, que segue em seu passeio animado pela nave central; padre Felix faz alguma menção a seu nome, igual ao daquele gato dos quadrinhos, e brinca sobre se esconder na sacristia... Os sorrisos rendem expressões ainda mais soltas, as pessoas não mais se policiam; a presença do fotógrafo já não chama a menor atenção, enquanto um suave descontrole contagia cada um — isso era mais do que eu queria; os rostos se revelam na maior leveza, e o povo se regozija como se presenciasse um micro milagre, como se uma dádiva compensasse o clima de contrição cristã, criando uma pausa lúdica na procura esperançosa ou desesperada, na ânsia de todos por proteção ou salvação; nesse astral, até os anjos e os santos barrocos parecem levitar em seus nichos, por alguns instantes; uma mescla de balbúrdia e felicidade foi decretada pela casualidade, rendendo as melhores cenas imagináveis — tudo por causa de um abençoado vira-latinha.

Meia hora mais tarde e o público vai saindo da missa; pintam mais cenas que interessam: o alívio abranda a face dos fiéis e das pessoas que se confraternizam, deixando vazar gestos e feições de um prazer depurado; a gente sente suas almas mais leves, como se fosse mesmo uma recompensa, uma graça alcançada por essa missa, numa atmosfera que propicia mais uma porção de fotos, com closes em caras e bocas mais intimistas, até me fartar de vez desse festim — para sair do templo e voltar a observar os barracos em torno, quase encostados na igreja, onde as pessoas decerto estão noutra frequência, noutra vibração, habitando esses interiores raramente fotografados por alguém... Talvez por representarem a segregação em carne viva, a fratura exposta de um retalho social; uma realidade que antes se escondia como uma coisa vergonhosa — mas que, hoje em dia, os caras nem se dão ao trabalho de encobrir, empastelar ou dissimular; nossa burguesia considera a pobreza quase uma 'contingência', uma espécie de efeito colateral ou mal necessário na corrida das pessoas pela riqueza — ou ainda um 'azar' desses grupos atrasados que, por acaso, foram ficando pelo caminho, à margem dos sazonais e acelerados 'surtos de desenvolvimento'.

Portanto, é hora de mudar o foco dessa empreitada pessoal, de explorar o lado mais escuro desse reduto — o lado oculto, esquecido ou escondido em sua decadência, em seu quase desfazimento; não custa repetir: é o que mais me interessa captar... Seja como 'registro', seja como 'resgate', a ideia de fotografar essa realidade parece me puxar pelas mãos, à procura de algum sentido nessa dinâmica, de algum entendimento daquilo que, de repente, exista entre o real e o casual, pelo menos... E assim a gente entra em campo para o segundo tempo, em busca de acasos que agora parecem encobertos por sombras de um outro mistério... E vamos em frente, sem ideia do que vai aparecer assim, de improviso, dentro desse labirinto de vielas entre paredes e portas estreitas, acumuladas nos amontoados de material (que de perto parecem prestes a desmoronar), onde a gente mal sabe se está pisando numa via ou já anda no espaço da casa de alguém — os limites não se precisam... Vou fazendo as fotos na cara dura, sabendo que posso provocar alguma reação contrária mais irada, a qualquer momento; mesmo assim, isso me atrai muito mais do que aquela coisa de 'praça de alimentação' (que só me interessa numa eventual captação de escassas estranhezas); é claro que os colonizados vão me chamar de comunista, vão me acusar de apreciar a miséria... Mas quase toda fotografia, se feita naquele arranjo comercial, tende a retratar a normose dos seres adestrados ao consumo, enquanto aqui o objeto é a face da realidade, é a imagem gerada desde a entranha do real, com tudo o que possa parecer inadequado, com tudo o que a gente ainda tenha que dar jeito, sem cair no bulevar de um cais reciclado em pleno lugar comum — ou seja, sem se perder no outro lado da ilusão (porque uma coisa é certa, cara: quando tudo tiver cara de consumo, o apocalipse estará consumado — ou será que não?)

E lá vem uma lenta senhora, idosa e volumosa, quase ocupando todo o espaço de passagem na viela, andando com dificuldade e olhando com dificuldade; ela me encara com certa desconfiança; impossível não remeter a cena à escravidão, como se sua dificuldade de locomoção se desse por correntes, por grilhões ainda presos em seus tornozelos, numa espécie de atavismo virtual; afinal, a abolição tirou seus antepassados das senzalas e os atirou nas favelas, sem a menor chance de transição para o modelo do trabalho assalariado, para o qual foram importados os 'alvos' imigrantes europeus — numa política de estado voltada, obviamente, ao clareamento genético nacional, gerida por um patético imperador tropical, o mais desbotado da casa de Orleans e Bragança... Espero essa senhora passar adiante, então tiro algumas fotos pelas costas para não importunar, e sigo provocando o acaso diante de uma dupla de peões que toma uns tragos, sentados em bancos de pneus sucateados; pego imagens de umas crianças que passam correndo pelo caminho, e vão entrando e saindo depressa pelas portas e janelas entreabertas, sem parar; vou de esgueiro pelo corredor, vendo e clicando a vaidade nos espelhos, diante das morenas que escovam seus cabelos alisados, das galegas de farmácia que alimentam uns periquitos australianos, engaiolados por sobre um velho tanque de lavar roupa; depois aparece um pedreiro mais apressado, que carrega uma caixa de ferramentas e passa com cuidado; depois vem um rapaz empurrando sua pequena motoca com as mãos, com alguns sacos de areia e cimento empilhados no bagageiro; em seguida, aparece um homem bem miudinho, carregando dois garrafões de água mineral às costas; e ainda um negro muito alto e muito magro, levando fieiras de caranguejos vivos, bem amarrados; e passam mais pessoas em mais outras cenas cotidianas — todas interessantes, respondendo com a intensidade que o percurso prometia e, talvez por isso, causando poucos 'inserts' das minhas imagens de arquivo... Até que acabo entrando num pequeno beco lateral, que me deixa diante de um cômodo apertado e escuro; lá dentro tem um sujeito com a cara e os colares rituais de um babalorixá, que logo me faz sinal para chegar mais perto (dessa vez o acaso foi mais rápido, nem deu tempo de armar a câmera para fazer a foto desse cidadão com cara de gente boa, que me fita com olhos fixos enquanto manifesta um certo mau humor — embora pareça mais um cacoete, uma forma bem sua de se divertir — bem ao estilo dos filhos de Exu.)

O sujeito é um sarará grandalhão, seu rosto lembra o de Hermeto Pascoal; ele pede para que me sente num banco alto e estreito, meio bamba, junto da porta-balcão que dá acesso ao cômodo; e então toca a perguntar umas coisas, querendo se informar sobre mim — ao que respondo na lata, sem pestanejar: 'me chamo Rubens Moraes; gosto de dizer que sou um foto-guerrilheiro; uso essa câmera como uma arma branca, como um instrumento para revelar coisas que a gente precisa desesconder'. O 'Exu' acha graça na resposta, e me parece convencido da veracidade; o cara talvez temesse que eu fosse algum policial, ou pior, algum espião (sempre tem gente interessada em fazer 'negócios' na favela, de modo que todos querem saber onde estão pisando...) Ele também se apresenta, 'meu nome é Cândido dos Prazeres, tenho 69 anos, era professor num quilombo na Zona da Mata Sul, mas minha vida desandou quando vim para o Recife; hoje me mantenho modestamente, dou tratamento espiritual e orientação religiosa para o povo aqui'... Depois do resumo, me faz outra pergunta, 'você é membro dessa comunidade católica aí, é?', coisa que respondo de bate-pronto, 'nada, meu interesse aí na igreja era só fotografia'.

Cândido serve um trago de cana, tirada de uma garrafa guardada num armário de parede, e a conversa engata sobre sua religiosidade pregressa; peço licença para fazer uns retratos, o 'monge' lidando com seus objetos cotidianos, o que acaba rendendo imagens originais, nesse encontro que 'atiça a caçada', como dizia um amigo, fotógrafo sul-africano. Depois das fotos e de mais alguma conversa, nosso Exu (de fato, confirma ser esse seu orixá de frente) resolve me contar uma experiência marcante em sua vida — que me pareceu outro relato com cara de filme, um enredo de cinema.

'Quando eu era guarda de segurança privada, atuava como vigia na entrada do Atacado dos Presentes, na loja da Conde da Boa Vista; lá sempre aparecia um chofer de praça que chamava a atenção de nossos clientes na calçada, um sujeito chamado Jurandir — cara de boca bem grande, mais conhecido como Motorista de Cristo... Um taxista maníaco por sua doutrina, que dirige um taxi cheio de lampadinhas coloridas, piscando o nome de Jesus como se fosse um comércio, para tentar atrair o embarque de clientes cheios de sacolas e realizar sua corrida — durante a qual tenta praticar sua pregação religiosa sobre os incautos, tornando seu taxi num templo ambulante... E assim esse Jurandir exerce sua assim chamada 'cruzada sagrada', imagine, por meio de umas lorotas boas como suas sessões para recuperação dos sodomitas, pense, entre outras ideias fixas de gente preconceituosa... E sempre que algum cliente vacila e dá trela à sua falaceira fundamentalista, lá vem ele com todos os seus ardores, fervores e vigores de todos os infernos — para catequizar o pobre passageiro, sem pena nenhuma.'

'Um dia, esse pretenso servo do Senhor veio manso para cima de meu sobrinho gay, dizendo que toda criatura deveria fazer parte do projeto de Deus, e que os pecadores contumazes de hoje em dia desvirtuam tudo, com suas tentações por indecências homoeróticas, olha só... Que a atração demoníaca estaria afetando nossos jovens já na infância, como se fossem criaturas corrompidas em sua inocência, perdidas na vida; como se orientação sexual fosse mesmo obra do demônio — você sabe como é...'

'E esse cabra sente um prazer intenso nessa pregação, visse?... Talvez por sentir algum poder maior ao exercer esse seu suposto mandato, essa sua suposta missão da suprema providência, vê se pode... Seu melhor pretexto para ameaçar as pessoas com alguma punição divina, ou para convidar alguém a uma função religiosa de sua igreja — igreja a qual ninguém nunca ouviu falar, onde o passageiro pudesse salvar sua alma. E fala isso todo convicto, como um obstinado que se considera o legítimo agente ungido pelo Senhor, com aquele empenho suficiente para submeter a vontade alheia à sua... Enfim, digo isso sem preconceito religioso com o povo cristão: esse cara é um doutrinador cretino, uma alma sebosa.'

'Mesmo assim, alguns passageiros inocentes acaso acabam por aceitar seu convite para o culto dominical, e uns até acabam aderindo ao rebanho regular de seu cunhado pastor, num templo lá do Cajueiro Seco — onde os caras são conduzidos para suas malditas sessões de cura, inclusive os adolescentes suspeitos dos tais desvios de conduta, tudo para maior glória do Senhor, pode isso?... E pensar que tanta gente acredita nessa terapia, em que só se aproveitam do desespero dos outros, da insegurança alheia.'

'Um dia, a gente ficou sabendo que Jurandir, junto com seu cunhado e mais um primo, tentaram tocar fogo num terreiro de umbanda lá na Muribeca; aí eu me arretei... Então resolvi embarcar numa corrida em seu carro, para que o sujeito me levasse ao templo das conversões; porém solicitei uma parada no Parque dos Guararapes, para apreciar a vista... E quando o cabra parou o taxi no estacionamento do mirante, agarrei seu couro cabeludo, puxei de uma faca peixeira pequena e forcei a ponta em seu pescoço, fazendo vazar um pouquinho de sangue; então fiz esse tal Motorista de Cristo confessar seu crime contra o povo do santo, contra a religião dos orixás, e o canalha acabou assumindo a culpa'...

'E fiquei me segurando, só a imaginar a sangueira maculando sua indumentária sebenta — caso cortasse a goela do cara, salpicando o forro dos encostos e assentos do carro, manchando as peças plásticas do acabamento... Incluindo todos aqueles botões e comandos do condutor, as alças e as maçanetas internas, e até mesmo a cruz de aço que pende no espelho retrovisor, acima daqueles ímãs no painel, com aquelas mensagens cretinas — infestando a capela rodante com sua própria pestilência corporal, numa cena para lá de repugnante... Mas alguma coisa me fez pensar bem, e me fez parar... De modo que, mesmo com muita vontade de matar, desci do taxi e mandei o animal sumir da minha vista, para sempre.'

'O problema é que aquilo me deu culpa, causando uma crise de consciência — pensar que quase assassinei esse taxista doutrinador, esse jacaré bocudo, querendo fazer justiça com minhas mãos, imagine só... Olorum me alumiou, e me livrei de cometer um crime... E o fim da resenha foi assim mesmo; depois desse episódio, decidi morar aqui na comunidade, para praticar ações de cura espiritual — sem nenhuma chantagem ou cobrança religiosa — ajudando as pessoas necessitadas, carentes de tratamento, precisando de proteção... Com a bênção do meu orixá, mas sem essa coisa de conversão, compreende? Então foi assim que esse meu barraco virou um parador de obsessões, uma oficina para descosturar malefícios astrais e fixar o axé na cabeça das pessoas, onde qualquer um pode entrar para se desanuviar e, de repente, encarar a vida de outro jeito.'

(Assim como você, a partir dessa narrativa meio macabra, criei um monte de imagens em minha mente; tanto que acabei abrindo um novo diretório em meu 'arquivo da memória', com imagens de coisas contadas.)

Meia hora depois, estava de volta às trilhas estreitas da comunidade, sem esperar por nenhuma cena-surpresa, sem provocar o acaso... Pois o caso de Cândido deu mesmo o que pensar; imagine, um sujeito como ele, consciente de sua cultura, quase cometendo um assassinato a sangue frio... Pois isso talvez tenha sido um outro capricho do destino, como bem dizem as velhas benzedeiras e os velhos jangadeiros; um acaso revelado entre tantos contrastes, arrancado entre as coisas escondidas, até agora guardadas do mundo (estou pressentindo que essas tantas fotos, reais ou virtuais, geradas nas sombras daquele 'parador de obsessões', ainda vão me aparecer noutro espaço, noutro tempo; não sei como, mas vão...)

Na saída da favela, por mera curiosidade, enquanto atravessava um pátio em ruínas, em torno desses casarões seculares abandonados, que continuam desmoronando no Recife Antigo, me ocorreu uma noção mais clara sobre o estado de alma em que mais a gente aprende as coisas; sobre a solidão no mundo... Pois ela vem com força quando a gente perde o norte, ou quando a gente desacredita nos caminhos da mudança; e então toma conta de tudo, isolando a gente da coisa mundana, tirando o sentido de toda mania cotidiana, atenuando nossa aderência... No entanto, a solidão quase sempre desvenda a orientação das coisas, apontando um outro extremo, um outro limite da jornada — pois assim é o ciclo do entendimento, da compreensão: nossa recompensa é sempre o instante ainda oculto, o dado incerto que aguarda a gente em meio aos acasos e imprevistos; esse instante vem com o vento, meio que de repente, antecipando o que vem depois.

Seguindo em direção à Praça do Arsenal, farto de ver e pensar em imagens e possibilidades, vou pela rua de São Jorge encarando o chão como limite; depois levanto a cabeça e encaro o azul no infinito, na tensão que se estabelece nessa tarde tão aberta, ilimitando o céu do Recife... Entre a terra e o espaço, essa cidade é um cenário mutante se recompondo aos acasos, onde cada ente, em cada cena, se combina e recombina com seu destino, o tempo todo, na imageria urbana possível, conforme o dia... Quando essa trama se quebra e mostra sua face oculta, aparece outra verdade — que, numa boa, só pode ser fotografia.

Rainha do frevo e do maracatu

Acordar a essa hora da manhã, o sol vindo com essa força toda, a gente ainda muito sonolenta para andar na areia, na areia quente e meio inóspita da praia do Pina; mas me levanto e vou dar uma volta rente ao mar para, quem sabe, interceptar essa mulher em sua caminhada; é desesperador ficar sem ela, ou quase isso; nem sei se aguento mais... Tudo bem, a mulher é uma louca; era capaz de me comer por algumas horas seguidas, quase me desossando, para depois ficar uma semana fazendo o maior charme, dando no máximo um chamego — mas o máximo do chamego, com mais cafuné e derivados que se possa imaginar... Ela devia escrever ou então desenhar um compêndio sobre esse assunto, algo como um livro sobre 'cultura cariciosa', pois escreve e desenha que só com a moléstia, essa doidona... Doidona por pintinho tingido; Dora adora um 'neném de galinha', a ponto de às vezes comprar um pequeno engradado no mercado, só pelo prazer de tingir, soltar e curtir as coisiquinhas coloridas pela sala e pela cozinha; e quando se excede no carinho, ela esmaga com a mão até sufocar o bichinho; se estiver atacada mesmo, é capaz de estraçalhar meia dúzia desses coitados, numa só tarde... E o pinto morre assim, esmagado, uma coisa trágica mesmo, com o sangue escorrendo pelos dedos e pela palma da mão, pelo punho e pelo braço vigoroso de Dora; uma cena horrorosa, ainda que tenha uma beleza, digamos, incomum... Mas o equívoco, a enorme merda é essa: gostar dela não tem remédio nem salvação; nenhuma escapatória... Minha mãe, sem o menor preconceito com o nosso caso, cansou de me avisar — 'Madalena, não desperdice sua vida com a pessoa errada'... Pois é, não escutei; e ainda não achei um jeito de me livrar da saudade, ou de extinguir a volúpia por essa mulher 'errada', e lá se vão seis semanas de separação... Já nem faço ideia sobre qual é ou qual foi meu sentimento predominante; talvez tenha sido amor de verdade, gerado a partir de um desejo insuportável; mas é mais provável que tenha rolado uma paixão intensa, e da mais pura, como se fosse efeito de uma droga sem batismo, sem mais; e com uma coisa animalesca constante no cotidiano, com essa obsessão de querer estar sempre sob ou sobre ou entre o corpo dela; e ainda me submeto ao desejo dela, ainda agora, agora mesmo, por conta do império do tesão, da entrega total em sua voracidade — a única coisa certa nessa história toda. De resto, nada parece real, ou quase nada... Pois pense numa escravidão; Dora adorava me provocar na hora mais imprópria, me atiçava só para causar aquela molhaceira em minha calcinha — seja numa calçada, no 'shopping', no mercado... E ainda curtia com a minha cara, com minha vergonha por acabar gozando em público, por obra e graça de sua safadeza, de seu 'feitiço de fêmea', como ela gostava de lembrar com a voz rouca e aveludada, o sorriso aceso ardendo boca adentro, tocando sua intimidade visceral; meu Deus... No rosto, a franjinha preta e o batom vermelho emolduravam seu sorriso largo, como que embalando uma persona ordinária para presente, provocando suspiros para depois fazer a gente resfolegar, entre os extremos da dor e do desejo — que merda... O fato é que essa sádica virou minha cabeça de uma vez, me intoxicou até a medula; sem ela, talvez não me assumisse como lésbica, nem seria a metade da mulher que sou, não mesmo... Não é à toa que minha autoestima anda assim, se arrastando pelo chão; porra, eu tinha fãs, fazia sucesso com alunos e professores e funcionários de ambos os sexos na faculdade; um tempo atrás rolou até um grafismo charmosinho, um selinho carimbado com 'Madá-galega-gostosa', que a galera pregava nos cadernos, nos murais. Agora, só tenho vontade de viver trancada em algum porão da cidade, a poucos andares do inferno, quem sabe... Creio que vou sair nesse Carnaval com uma fantasia que andei imaginando: 'madame baixo astral', com fios e mais fios carregados de estrelas pretas, dependuradas desde minha coroa prateada de rainha arruinada, quase raspando pelo chão; imagine essas estrelas pretas rodando em torno de meu corpo, girando como colares estrelados a roçar tudo em volta, a barra da saia roxa recoberta em voal, com uns rolinhos de couro cru entre aquelas redes de arrastão bordadas, onde se engancham pequenos ninhos naturais — feitos dos ninhos abandonados que andei pegando pelas bordas do mangue, sem notícia dos passarinhos, tropeçando nos caranguejos, mas com o axé da mãe natureza, talvez... Minha ideia é sair desfilando, toda enfeitada assim, desse jeito, na representação de uma mulher aviltada — que vai se desfazendo de sua fantasia amorosa aos poucos, numa espécie de 'strip tease' emblemático, num compasso trôpego, denso e grave; o desandar de uma fêmea com a alma toda lascada e toda dolorida, por conta de uma desfeita que nem tem nome... Pois dava até para escrever uma tese sobre esse descaso todo, sobre como uma amante insensível chega ao cúmulo da desfaçatez, com total e absoluta ausência de alteridade, praticando a arte de desprezar quem lhe dá amor e o caralho, alguém que viveu para ela, com a intensidade de quem temia que tudo acabasse no dia seguinte, a paixão evaporando na cinza das horas, entre as nuvens esparsas... Mas que desgraça! E essa tese teria fartas provas, cartas e fotos e outros documentos mais secretos, para que fossem vistas as várias cicatrizes de cortes e queimaduras e quetais, mais umas quantas marcas de hematomas e contusões e etcétera, além dos efeitos colaterais dessa lenta e penosa transição ao abandono — incluindo os danos morais, as emoções dilaceradas, as consequências desse meu desespero... Dora, a doida, me estraçalhou como se eu fosse um pintinho.

Nada de Dora na praia pela manhã, mas eis que agora... Olha quem aparece nos corredores do Riomar, no meio dessa tarde ensolarada lá fora: minha doce e cruel senhora, rainha do frevo e do maracatu, dona do magnetismo e da perfídia, a fêmea mais atraente, mais tesuda de toda a zona Sul... E parece pronta para outra, batendo pernas para fazer o corpo vibrar em suas curvas cheias, entre as lojas de moda mais caras da cidade, com esse seu olhar atravessado de mulher malévola, como uma sofisticada atriz de cinema, coisa mais que indecente; inescrupulosa, é bem isso o que ela é... Claro, essa serpente (seu signo oriental) agora fez que nem me viu, e segue seu passeio animado entre as amigas, todas tão doidinhas quanto ela, todas herdeiras desocupadas de Boa Viagem, tentando arrumar alguma farra para se entreter, antes de dormir e acordar para a próxima festa — e eu nessa marra toda, com essa tromba armada há tantas semanas... Dá vontade de chutar o balde, de criar um barraco bravo, aqui e agora, na maior cara dura — só para escancarar o mau-caratismo dessa Dora, bem na fuça de sua trupe — para que as ricaças conheçam o lado B dessa dona; seria bom para ela sentir meu ódio à queima-roupa, ou será que não seria?... E agora elas vão entrando na Dolce & Gabbana, olha só, se metem a experimentar vestidos carésimos inspirados numa antiga mística, no veneno e na luxúria das latinas dos anos 50, das amantes mais calientes e lascivas, espertas na arte de virar a cabeça de homens casados, destruindo sua vida estável, seu lar, sua família — e então a casa caía; e dê-lhe desilusão para as mais dedicadas dondocas, as mais adestradas esposas inerciais dessa nação, para sempre enraizada na velha ordem patriarcal... Pois está na hora da sacanagem, do contra-ataque; essa dona fodona tem que pagar pelo mal que me fez — nem que seja por um último vexame, real e imediato — uma cena grotesca, um escândalo memorável, de repente arrancando sua roupa aí mesmo, na cara de todo mundo... Ou fazendo uma fuzarca naquela galeria-antiquário tão requintada, onde ela tanto se orgulha de trabalhar. Essa rapariga vai levar o troco, vai ver o quanto dói uma chifrada — ou não... Porque eu queria mesmo era agarrar essa gostosa por trás, pegando forte em torno de sua cintura, agarrando seus seios, roçando seu rabo quente nas minhas coxas, sentindo a potência de sua vulva entre meus dedos — Deus me perdoe, mas um simples toque da mão dessa moça minava com minha energia, deletava minha vontade, murchando minha personalidade, desfazendo com quem sou — ou era, nem sei mais... É tipo um pesadelo particular, como lascas de kryptonita cravadas em meus pulsos, ainda mais quando me aparece assim, dentro desse vestido verde e vermelho todo estampado, em padrões de folhas e flores e e frutas tropicais as mais exuberantes, coisa tão retrô quanto sexy, sei lá... De boa, era só disso que eu precisava, e mais nada: enrolar um pouco de Dora nas mãos, no cabelo, nas veias — nem que fosse por uma noite, mas bem regada com todas as doses, uma noite que valesse por todas... Meu Deus, cadê meu equilíbrio? Quase me formando em arquitetura e... Cara, que vontade de achar a racha dessa melancia, puta que pariu...

Mais à noite, fiquei sabendo que ia rolar uma festa na praia, no trepidante território da Ponta do Pina, diante daquela enorme torre corporativa, cravada como um totem dominante na paisagem, entre a favela urbanizada e a 'Miami' que se insinua, entre o oceano e o continente... E me disseram que a poderosa estaria lá — muito embora a moça seja imprevisível, descompromissada, farrapeira mesmo... Mas pode ser uma chance para um tudo ou nada, um acerto de contas com Doraça, quem sabe...

Antes de terminar meu terceiro gim tônica, lá vem ela quase pomba-girando; vem chapada, encapsulada num colante de couro preto e meia calça rendada, com uma gargantilha de lantejoulas vermelhas, caralho... E vem com tudo, direto em cima de mim: 'Tá fazendo o que aqui no meu território, dona Madá, com essa sua cara de alma penada, triste e perdida — a própria Madalena arrependida?' Fiquei fria, gelada ao rever de perto a mulher, carregando charme num impacto cheio de maldade; mas dessa vez sua atitude me deu foi um estalo; num átimo, me fez perceber uma coisa importante: por que será que ela precisa ser hostil, e me humilhar assim? Será que dona Dora é mal resolvida comigo?... Daí resolvi encher o peito de ar e não responder nada, deixando a fera passar com sua turma, tão doidona quanto ela. E fui matutar com essa hipótese, andando em volta da piscina natural, formada pelos arrecifes. E pensei que, de repente, esse lance violento de amor, que acaso se recusa a ir embora, que já não me larga de jeito algum, talvez não seja só meu — mas dela também... Pode ser mais um caso de paixão renitente, uma coisa que, quase sempre, afeta ambas as pessoas enamoradas. Mário Benedetti escreveu uma coisa super bonita sobre paixão, contando que, quando uma pessoa se apaixona, só conhece a metade de seu sentimento — pois o desejo integral sobrevém quando a outra pessoa também está apaixonada; e aí sim, a pressão se torna insuportável... Enquanto pensava nisso, me deliciando com a ideia, voltei a curtir a hipótese de voltar com ela... 'Dora-madá', 'Madá-dora'... A gente fazia uma dupla arretada, se agarrava e não mais desgrudava por horas e horas e horas... E agora, será que tento pegar a moça na marra, ou será que é 'mico'? Melhor me segurar; sou do signo da cabra e, quando paro de vacilar, meto o casco e assumo o comando, ou... Bem, das duas, uma: ou me amarro de novo, ou me livro desse sofrimento — do mesmo modo que ela quase se livrou de mim, quem sabe...

Gosto de relembrar uma noite linda, em que a gente passeava de mãos dadas numa praia do Cabo de Santo Agostinho, o vento cortando as folhas no alto dos esbeltos coqueiros, com 'um luar em textura de água de coco', como disse a Dora, 'pousando sobre nossos cocurutos'... Lembro que lhe contava um sonho recorrente, 'estrelado' por Carmen Miranda: era uma variação de suas performances mais pitorescas, no estilo Vereda Tropical, com uma orquestra tocando uma espécie de ópera Chica Chica Boom num cassino imenso, em que a própria Carmen Miranda, acompanhada por um coro de dezena de vozes, com dezenas de outras carmens, se despia — ao mesmo tempo em que sacava dois revólveres do coldre em seu cinturão e, só de biquíni, sorria e atirava em toda a plateia (uma transição da ingenuidade rumbeira para a calamidade roqueira, de repente)... Seus olhares e sorrisos arregalados até o talo, como num desenho animado da época, e as enormes estampas de frutas tropicais se movendo em imagens ao fundo; tudo formava uma cena pop acelerada; suas armas cuspiam balas coloridas, com os disparos formando rastros esfumaçados. E a plateia vibrando com aquilo, sem perceber o perigo — como se aquela 'execução' fosse parte do espetáculo, nem sei... Mas enquanto contava os detalhes, Dora engatava sua paródia, sua releitura diversionista (ela adorava fazer isso), dançando e cantando um frevo de Capiba, 'Ouvi dizer que o mundo vai se acabar, que tudo vai pra cucuia, que o Sol não mais brilhará', frevando em câmera lenta, mas com a graça de quem conhece o passo... Coisa boa de se recordar; tanto que me fez sentar, e depois deitar distraída na beira daquela piscina da Ponta do Pina, com os pés ao alcance das ondas... Então danei a pensar nas coisas que dão corpo à beleza, os belos mistérios se compondo entre o concreto e o abstrato, na transição entre o natural e o artificial — ou mesmo entre amor e paixão, entre lixo e luxo, na tensão das coisas que agora tanto faz... Ainda mais com a gente assim, nesse estado de espírito, alterada por tragos de rum e gim, dopada por saudades entre humores amargos, radicais, erráticos; caindo nos desvios do desejo, sempre o desejo...

Cheguei a cochilar na areia, até perceber, de repente, entre arrepios e calafrios, a presença de Dora deitada a meu lado, cantando 'Marco de Canavezes', docemente... Parecia outro sonho ou outra lembrança, mas não era. Senti que ela tinha sacado esse meu 'mood' em suspense, essa ansiedade por sua proximidade; então se virou de lado para me encarar nos olhos, apoiando a cabeça na mão direita, com os seios redondos quase saindo do colante... E veio jogando charme (ainda mais chapada, viajandona) com uma análise improvisada dessa canção despencante — uma coisa narcisa, vaidosa demais, derivando ideias entre sutilezas de seu arsenal de sedução: 'adoro esse canto de quase elegia em clima meio de meiguice, meio de luxúria, numa toada amorosa e suave toda requintada, em pegada meditativa meio sonolenta, com um lirismo de vagas possibilidades oscilando, oscilando, entre o quase simples e o mais sofisticado, a evocar coisas de outras esferas sensíveis, ainda mais antigas e afetadas e depuradas, já meio podres de tão curtidas em seus refinos delicados, açucarados ao exagero do gênero, arrodeando os tons da canção em ondas de hipnose, cada vez mais perto desse reino de nossa maior intimidade, num lento movimento pendular... É como se o mormaço fermentasse o tempo e temperasse a noite, e um abanador imenso de filodendros molengas ritmasse essa morosidade desde o céu, com humores e marulhos tropicais exuberando nas infinitudes praieiras, e a gente vendo essas cores e desenhos das coisas através dos rendilhados em linho branco, como num carnaval barroco de máscaras caindo aos pedaços, os leques espanhóis em seus bordados esmaecidos, os antigos xales andinos se desfazendo nas tramas mais esgarçadas, girando em caleidoscópios na memória, com a gente evoluindo nos desfiles contínuos e ouvindo essa canção em toda a sua leveza, como se quase levitasse em pétalas de flores, em desmanche constante ao contato dessa areia úmida, escutando o eco dos sinos nas igrejas ao longe, lá em Olinda — ou não... Mas decerto com essa matraca marcando o tom e o passo, com toda a força desse sotaque recorrente, quente e úmido, com você já meio molhada, pautando a língua da luz à beira do mar de Pernambuco — ou seja, em nosso melhor português'...

Dava para ouvir o batuque dum maracatu ao longe, no compasso em que Dora retomava sua posse sobre meu corpo; me devorava mais uma vez nessa praia meio poluída, meio encantada, enquanto eu torcia para morrer esganada nessa imensa cama de areia, durante o orgasmo mais demorado e insuportável, mais pecaminoso e possesso, desses que por acaso acometem uma boa moça católica, e só ela sabe como é.

Entorno de um enredo

Tem uma trama estranha na senda de uma poesia perfeita, escondida num canteiro que se confunde com todo tipo de silêncio, apesar dos sussurros e perfumes desprendidos na correspondência entre cinema e realidade, temperando um aroma bom de se lembrar em umas ideias escritas de ocasião, agora esparsas pela poeira nos lances dessa linguagem em dispersão nos arredores, sobretudo em meio a nossas passagens pelos meandros de uma espécie de castelo fadado, de onde a gente escapa em desacordo com o único imperador da palavra ainda ativo, até pousar num recanto de quintal abandonado pela chuva e encontrar um 'clown', o mesmo de todos os tempos, sujeito meio torto vestido em seu grave personagem, como oficial de chapéu cheio de penas e charuto aceso, baforando e medindo a vaga passagem do tempo com a fumaça, no empenho de precisar a tradução certa de cada momento, embora esteja sempre perdendo a oportunidade de instituir coisas mais importantes, como um nome técnico o bastante para renomear o 'instante', entre tantas outras coisas, e continue ali parado debaixo do abanador que resvala e fabrica uma porção de aragem, resvala e fabrica uma porção de aragem, de novo e de novo no alento de cada virada ventiladora, enquanto vamos embora por essa passagem suave como uma bênção, pois já era tempo de acomodar a cabeça sonhadora sobre a terra molhada no quintal, com as folhas de louro sobrando na soleira das portas e arcadas restantes do reino, onde se deitam os desertores apegados a um cadáver extremo, só para meditar em torno dos arranjos floridos em vasos derramados, com os cacos de cerâmica entre os vãos de entrada e saída, as folhas amareladas da cor de seus cabelos muito antes, as tumbas de outros soldados muito depois da enorme janela ao fundo, no jardim onde o corpo incômodo de um dândi hedonista afinal começa a apodrecer, pois a última facada encerrara a escritura de seus melhores argumentos, e eis sua arquitetura racional prensada por verdades assim tão frágeis, ainda mais depois de tentar enquadrar a razão ao sol do meio dia, pois é, em plena totalidade tropical de uma beleza exorbitante, de uma beleza em pleno prumo, ora explodindo na mais farta e generosa ventura, com cigarras e gralhas, araras e muitas outras aves excitadas na maior algazarra desse mundo, com o bando solto e a onça brava em avanço pela copa geral das enormes gameleiras, no abandono definitivo de quem deserta e soçobra nos ares da tarde, da tarde atrasada e sardenta com suas tantas manchas borradas entre céu e terra, seus lumes a acender a atmosfera do cerrado, onde mil luzeiros dançam no horizonte ao longe, ainda mais além das senzalas desmoronadas, com os espíritos vagando até onde uma visão retrospectiva da pernambucanidade não alcança mais, entre restos mortais de inimigos holandeses na brasa dormida da fogueira, ou queimando junto aos jornais estragados com notícias da última revolta popular, expondo a decadência dos senhores de engenho bem na entrada de seu inferno na terra, enquanto as folhas com os signos da liberação se espalham dentro e fora das árvores, e o caminho se oferece adiante num alívio de direção e sentido, e assim a gente vai desarmando esse mundo que começava aqui, no Recife, embora se oriente e se invoque com imagens e livros e armas diversas nas mãos, vamos sem espada ou escudo diante do peito, pois é da nossa natureza — nacional, letrada — encarar assim qualquer guerra santa enredada na imprecisão da palavra.

© 2019, José Alfredo Santos Abrão

Todos os direitos desta edição reservados à
Laranja Original Editora e Produtora Ltda.

www.laranjaoriginal.com.br

Edição **Filipe Moreau**
Revisão **Kalinne Medeiros**
Projeto gráfico **Arquivo · Hannah Uesugi e Pedro Botton**
Produção executiva **Gabriel Mayor**
Foto do autor **Társio Alves**

Dados Internacionais de Catalogação na Publicação (CIP)
(Câmara Brasileira do Livro, SP, Brasil)

Abrão, José Alfredo Santos

    Sete relatos enredados na cidade do Recife / José Alfredo Santos Abrão.
São Paulo: Laranja Original, 2019.

ISBN 978—85—92875—69—5

1. Contos brasileiros   I. Título.

19—31545   CDD—B869.3

Índices para catálogo sistemático:
1. Contos: Literatura brasileira B869.3

Cibele Maria Dias — Bibliotecária — CRB 8/9427

Fonte **Tiempos**
Papel **Pólen Bold 90 g/m²**
Impressão **Forma Certa**
Tiragem **200**